斎藤慎一郎・作
こばようこ・絵

星雲《せいうん》ミカの小《ちい》さな冒険《ぼうけん》

「鳥《とり》へっぽこ新聞《しんぶん》」誕生篇《たんじょうへん》

晶文社

装丁　ジュン・キドコロ・デザイン
イラスト　こばようこ

目《もく》次《じ》

「鳥《とり》へっぽこ新聞《しんぶん》」騒動記《そうどうき》

プロローグ　るり色の少女と仲間《なかま》たち

星雲《せいうん》ミカがどうして自分から、優等生《ゆうとうせい》ごっこをいともあっさりやめてしまったのか、きょうはその秘密《ひみつ》をお話ししましょう。

ぼくがこの陽気《ようき》な少女と仲間《なかま》たちを知《し》ったのは、六月のある日曜日の午後、村田市の、雑木林《ぞうきばやし》にそった野原でのことでした。

ぼくは、およそ虫とよばれる生きものならなんでもだいすきな、いわゆる虫の愛好家《あいこうか》で、その日は、ルリタテハというチョウの奇妙《きみょう》な行動《こうどう》のなぞを調《しら》べに、そこへ出かけていったのでした。

このチョウはおもしろいことに、夏の夕方、あるきまった場所《ばしょ》にやってきては、空中をくるくると旋回飛行《せんかいひこう》する性質《せいしつ》をもっています。ぼくは、これを「ルリタテハのダンス」と、よんでいるのですが、このチョウが空中でダンスをおどるのには、いったいどんな意味《いみ》があるのでしょうか。これがぼくにとっての、当面《とうめん》の研究課題《けんきゅうかだい》なのでした。

数日前、ぼくはこの野原をおとずれて「ここはルリタテハのいそうな場所《ばしょ》だな」と、直感《ちょっかん》していたのです。天気のよい日の夕方に、もう一度《いちど》出なおしてみるだけの価値《かち》がある、と、ぼくは思い、ひそかに期待《きたい》をかけていたのでした。

ぼくの家は村田駅《えき》からそう遠くない、村田第三《だいさん》小学校のすぐ裏手《うらて》にあります。この雑木林《ぞうきばやし》つきの野原にくるには、三十分近くもバスにゆられなければなりません。とはいえ、わが家のまわりがごみごみした町に変《か》わりはててしまった今日《こんにち》、村田市郊外《こうがい》の林や野原でいろいろな虫たちと会えるのは、なによりも楽しみなのでした。

さて野原の入り口に着《つ》くと、ぼくは一瞬《いっしゅん》、あれあれ、と思いました。ぼくが目星をつけておいた、野原の奥《おく》の一点に、だれかが先に来ているようなのです。そうしてその「だれか」が、遠目には人間のように見えたり、またどうかすると、チョウの姿《すがた》に見えたりするのです。

北側《きたがわ》にくぬぎ林を背負《せお》って、野原は細長く東西にひろがっています。ところどころに、ぼうぼうとすすきがしげっていたり、たんぽぽの原っぱがあったりするのです。おまけに野原の入り口は、坂《さか》を登《のぼ》りつめた一《いち》段高《だんたか》いところにありましたから、そこからは野原全体《ぜんたい》を、一望《いちぼう》のもとに見おろすことができました。

ぼくが見たものは、人かげに似《に》ているけれど、黒とるり色をしていて、ちらちらと動《うご》いていて、なにかの生きものにはちがいないのです。

ルリタテハかな？

ルリタテハなら、黒い地色《じいろ》に、パステルで描《か》いたような明るい空色のすじが二本、あざやかにうきでた中形のチョウなのです。

ぼくはその生きものから視線《しせん》をはずさずに、ゆっくりと歩きだしました。

そのうちに、どこから現《あらわ》れたのか、黒とるり色のまわりで、白いものが三びき、スキップでもしているようなリズムで動《うご》くのが見えました。

こんもりとしげったやぶをまわって、ぼくがその一点にようやく近づくと、ぼくの耳に、なにやら日本語とは思えない、コトバとも歌ともつかないものが聞こえてきました。

ミオッキオ　チチラ

ミオッキオ　チチラ　チマチョイ

ジクテチ　ビクテチ

ジクテチ　ビクテチ　ギュイーン

そのあとに、はじけるような笑《わら》い声がひびくのです。

笑《わら》い声から、チョウではなくて、人間の子どもなのだということが、いよいよはっきりしてきました。そこにいたのは、るり色のシャツと、黒い半ズボン姿《すがた》の少女でした。少女といっしょにいたのは、白いシャツと半ズボンの、こんがりこげ茶色に日焼《ひや》けした男の子たちでした。ぼくはほっとして、野原のすみにある、半分くさりかけたくぬぎの丸太《まるた》に腰《こし》をおろし、汗《あせ》をふきました。

ミオッキオ　チチラ
ミオッキオ　チチラ　チマチョイ

子どもたちは、ぼくの存在《そんざい》をまるで無視《むし》して、日本語ではない、「ほ

かの星のコトバ」のようなものを歌いかわしています。歌のコトバをべつにすれば、どう見ても日本のふつうの小学生で、この風景にぴったりおさまっているのです。そんな光景《こうけい》をだまってながめているには、ぼくの好奇心《こうきしん》はちょっぴり強すぎました。ぼくは丸太に腰《こし》をおろしたまま、四人の子どもたちに話しかけました。

「ね、なにしているの？」

歌声がやみ、子どもたちの視線《しせん》が、はじめてぼくに集《あつ》まりました。

「日本語、話せる？」

われながらおろかな質問《しつもん》です。

どっと、爆笑《ばくしょう》がはじけました。

笑《わら》いのうずがおさまると、ぼくたちのあいだには、和《なご》やかな雰囲気《ふんいき》ができていました。

「オジサンは、なにしてるの？」

と、るり色の少女が、目をくりくり動《うご》かしながらぼくにたずねました。

「丸太に、腰《こし》かけてる」

ふたたび爆笑《ばくしょう》のうずが巻《ま》きます。

「それで？」

「きみたちを、見てるのさ」

「それだけ？」

「ほんとうは、ルリタテハというチョウがあらわれるのを、待《ま》ってるんだ。いやそれとも、きみたちの、別《べつ》の星の歌、聞いてたのかな」

「そいつはいいや」

と、いかつく肩《かた》のはった、きかん気そうな少年が口を開《ひら》きました。

「あたりだよ。ピンポーン。この女はよ、オッサン、なにしろ、アンドロメダ大星雲から来たんだからな」

「ちょっと待《ま》ってよ」

と、こんどは小さくてすこしおどおどした感《かん》じの少年が、しかたがないとでもいいたげな顔つきでいいました。

「きちんとさ、ほんとうのことを教えてあげなくちゃいけないよ。ボクたちはね、トリノシュザイにきたんです」

「トリノシュザイ？」

「新聞の取材《しゅざい》ですよ。鳥の鳴き声の取材《しゅざい》なんです」

「鳥の鳴き声の？　それじゃ、いまのは……」

「聞きなしですよ。鳴きまねですよ」

あっけにとられて口をぽかんと開《あ》けているぼくをしりめに、もうひとりの、いちばんのっぽの少年が、さっきの歌をうたいだしました。

「ミオッキオ　チチラ　チマチョイ。ミオッキオ　チチラ　チマチョイ……」

耳をすましてよく聴《き》くうちに、ぼくにもようやくわかってきました。ホオジロの声かな。うん、うまく表現《ひょうげん》できているぞ。ぼくは感心《かんしん》して、

「ホオジロかい？　そうだね」

「オッサン、大あたりだよ。仲間《なかま》にいれたげるよ。な、みんな」

さっきの一見ガキ大将《だいしょう》ふうが、いかにもうれしそうにこういって一同を見ました。

　すると今度《こんど》は、るり色の少女が、よく澄《す》んだソプラノでうたうのでした。

「ジクテチ　ビクテチ　ギュイーン。ジクテチ　ビクテチ　ギュイーン」

ツバメかな。よく似《に》ているけれど。なぜかきゅうに、るり色の少女がチョウのルリタテハに変身《へんしん》して、鳴かないはずのルリタテハが、青い星の歌をうたいだしたように錯覚《さっかく》されました。

「チョウチョがうたっているのかな。ぼくがさがしている、るり色のチョウチョがさ」

と、つまらないことをいってしまいました。

「ブブーッ」

子どもたちはいっせいに、テレビのクイズ番組で回答者《かいとうしゃ》がまちがったときに鳴る、あのブザーの口まねをして笑《わら》うのでした。

「フン、だ。ツバメのさえずりのつもりよ。でもね、ツバメにも、いろいろな種類《しゅるい》があるの。それはそうと、オジサン、なにする人？」

「うーん、そうだね。ともかく、めちゃ、虫ずきで、虫のことを調《しら》べる人！」

「そう。わたしたちはね、鳥の鳴き声を記録《きろく》しにきたの。四人で学級《がっきゅう》新聞作ってるわ。そろそろ帰るところよ」

少女のひとみの中には、アンドロメダ大星雲が、しずかにうずを巻《ま》いてかがやいているように見えます。ぼくは一瞬《いっしゅん》、ドキリとしました。さっきのいかつい少年は、てれかくしに冗談《じょうだん》めかしながらも、ほんとうのことをいったのかもしれません。

そのときぼくの耳もとで、ブーン、とひくい羽音がうなり、なにか黒いものが顔をかすめてとんだのです。

「ルリタテハだ！」

ぼくの直感《ちょっかん》はあたりました。

四人の小学生たちは、ぼくが手まねで制《せい》するまでもなく、いっさいの動《うご》きをとめて、ぼくの指《ゆび》さす先を注意深《ちゅういぶか》く見守《みまも》りました。

真夏《まなつ》の太陽《たいよう》はようやく西にかたむき、暑《あつ》い草いきれの中に風がそよぎはじめていました。

黒衣を着《き》た元気な踊《おど》り子が、ぼくたちの見守《みまも》る前で、くるくるとまわりながらとびました。そのうちに、ルリタテハは何を思ったのか、星雲ミカの頭のてっぺんに、ひょいと止まったのです。

それを見て、素手《すで》で乱暴《らんぼう》にチョウをつかまえようとするハジメ。あわててハジメのシャツのすそを引っぱるタカシ。そんなことではチョウチョはつかまりっこありませんよ、と、ばかりに高見の見物《けんぶつ》をするアキラ……。

そう。このできごとをきっかけに、四人の小学五年生たちと、ぼくは親しい友だちになったのです。雑木林《ぞうきばやし》をこえて、どこか知らないところへとび去《さ》っていくルリタテハを五人で見送《みおく》りました。

それから数日経《た》ったある日の朝早く、わが家の郵便受《ゆうびんう》けに、ぶあつい原稿用紙《げんこうようし》のたばのはいった大型《おおがた》の封筒《ふうとう》が届《とど》きました。切手が貼《は》られていないところから、星雲ミカとその仲間《なかま》たちが、直《じか》にぼくの家にきてくれたのだとわかりました。封筒《ふうとう》はその後、何度《なんど》も届《とど》いたのです。ここにお目にかけるのは、ですから、四人の小学生たちの合作《がっさく》で、ぼくはただ、つたない前書きをつけ加《くわ》えただけなのです。

村田第三小学校
五年三組

いたずらっ子につける薬《くすり》

わたしはミカ。名字《みょうじ》は星雲。

へーんな名前と、自分でも思う。でも、パパがなにしろ星雲太郎《たろう》なので、しかたがないわ。そういう名前が、世の中にはあるのです。じつはね、わたし、遠い遠いもうひとつの地球《ちきゅう》で生まれたの。それを聞くと、たいていの人は、へんだなという顔なさいますけど……。自己紹介《じこしょうかい》はこれでおしまい。

ね、ね、ね、それより、わたしの学校の話を聞いて。

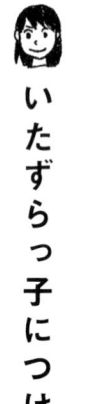

村田駅《えき》の西にある、村田第三小学校では、二年生から六年生まで、四月になぜか組がえをするのです。わたしのいる五年三組は、理由《りゆう》の分からないその組がえのために、四年生のとき親友になった霧野《きりの》ユカはべつの組にいってしまったし、わたしのほうをときどきにらむ乱暴者《らんぼうもの》の糸尾《いとお》ハジメはいるしで、もう最低《さいてい》。糸尾《いとお》は授業中《じゅぎょうちゅう》、先生にも遠慮《えんりょ》せず、平《へい》気《き》でつくえの上にのったりしてさわぐので、わたしたちはおちついて勉《べん》強《きょう》もできません。

クラスのいろいろな係《かかり》は、おたがいに顔と名前を覚《おぼ》えてからきめよう、と担任《たんにん》の田村新卒女史《しんそつじょし》がおっしゃって、四月も半《なか》ばになってから、ようやく選挙《せんきょ》をしました。あ、タムラ・シンソツ・ジョシは、先生の本名ではありません。今年大学を出たばかりの、ほやほやの女の先生、というほどの意味《いみ》なの。念《ねん》のため。

わたしは、自分では分からないのだけれど、お勉強《べんきょう》ができて、ハキハキしてると人に思われるタイプなのだそうで、ぬわんと、全《ぜん》クラス一致《いっち》で、一学期《いちがっき》の学級委員《がっきゅういいん》に選《えら》ばれてしまったのダ。でもでも、選挙《せんきょ》のときに、目つきのわるい糸尾《いとお》ハジメが、

「イイコちゃんごっこはよ、アンドロメダ大星雲に、やらせときゃいいんだよ」

と、にくにくしげに演説《えんぜつ》して、それでみんなの手がわたしにあがったのだと思うと、複雑《ふくざつ》な気持《きも》ちですが……。

いちばんたいへんだったのは、新聞係《しんぶんがかり》の選挙《せんきょ》でした。学級委員《がっきゅういいん》をのぞき、ほかの係《かかり》は、やりたいという希望者《きぼうしゃ》がちゃんと出て、まずまず気《き》

4月28日

持《も》ちよくきまったのですが、新聞の発行《はっこう》なんていうとても荷《に》の重《おも》そうな係《かかり》は、みんながオクユカシクゆずりあって、ひとりも希望者《きぼうしゃ》が出なかったのです。このごろの子どもは、スナック菓子《かし》とインスタント食品で育《そだ》っていますから、手間《てま》のかかるめんどうな仕事《しごと》をきらうのです。

さいごに残《のこ》った新聞係《しんぶんがかり》の選挙《せんきょ》のとき、

「だらしがないわね、きみたち。希望者《きぼうしゃ》が出ないなら、きめるのを一日、延期《えんき》しなさい。一晩《ひとばん》よく考えて、みんなのためにすばらしい学級《がっきゅう》新聞を作ってみよう、という決心《けっしん》をした人、明日こそ立候補《りっこうほ》！」

と、田村先生がおっしゃったわけ。

ところが……。

田村新卒女史《しんそつじょし》は、お嬢様《じょうさま》ふうの長髪《ちょうはつ》で、ひと目見たところでは、箱入《はこい》り娘《むすめ》のように見えますが、なかなかすごいのよ。

その日の放課後《ほうかご》、田村先生は、女子の学級委員《がっきゅういいん》であるわたしにだけ、いのこりを命令《めいれい》したの。

それで、お嬢《じょう》さま先生がいわれるには、

「星雲！」（と、このおかたは女の子もよびすてになさるのだ。）

「ちょっと、相談《そうだん》があるんだけど……」

「なんですか、センセ」

「糸尾《いとお》と西条《さいじょう》をね、いまのうちになんとかしないと、とんでもないことになるよ」

「…………」

「あのなかよしふたり組、最近《さいきん》いっしょに塾《じゅく》をやめてね、暇《ひま》をもてあましてるわ」

「それが、どうかしたんですか」

「ふたりの放課後《ほうかご》が不安《ふあん》だな。わるいのは主《しゅ》として、糸尾《いとお》ハジメだと思うけど」

「…………」

「ね、あなた、どうしたらいいと思う?」

「わかりません」

「あのふたりをさ、新聞係《しんぶんがかり》にしちゃおうよ。いたずらっ子につける薬《くすり》は、これしかない!」

「ハア?」

「あなたがね、ミカ、糸尾《いとお》と西条《さいじょう》を、あした、新聞係《しんぶんがかり》に推《お》しなさい。

三組の悪《あく》の芽《め》をおさえるには、星雲ミカの破壊力《はかいりょく》が有効《ゆうこう》よ」

わたしの破壊力《はかいりょく》？　いったいなんのことだか、さっぱりわけがわからなかったわ。その前に、選挙《せんきょ》を一日くりのべたのは、なんのためだったのかしら。わたしは納得《なっとく》できずに、

「だって、センセ。一晩《ひとばん》みんなが考えたら、あしたは希望者《きぼうしゃ》があらわれるでしょ？」

「あらわれませんよ」

「どうして？」

「新聞係《しんぶんがかり》はね、たくさん作文を書かなくちゃならないの。ミカだったらやってみる気、ある？」

「ぜーんぜん！　ぜったいに、いやです！」

「ほら、ごらんなさい。ミカまでいやがる新聞係《しんぶんがかり》を、一晩《ひとばん》おいたくらいでやりたい子があらわれますか。それをあの子たちにやらせるには、強力な指導者《しどうしゃ》が必要《ひつよう》よ。わたし、担任《たんにん》として、あなたを糸尾《いとお》と西条《さいじょう》の後《こう》見人《けんにん》に任命《にんめい》します！」

まったくなんてことだ。三毛猫《みけねこ》がライオンの後見人《こうけんにん》になれると思う？それればかりか、先生はわたしをまるめこんで、心にもないすいせんをさせようというのね。そんなこと、わたし、できません、といおうと思って、お嬢《じょう》さまのお顔をひょいと見上げたら……。

田村先生って、目がきれい……。

湖《みずうみ》みたいというのかな。

宇宙《うちゅう》みたいというのかな。

わたしは田村新卒女史《しんそつじょし》の、澄《す》んだおメメにうっとりしてしまって、

「やってみます、センセ」

などと、ふらふら、心にもないことをいってしまった。

次《つぎ》の日の学級会《がっきゅうかい》では、田村先生のいわれたとおり、新聞係《しんぶんがかり》をやりたいという人は、あらわれませんでした。それで、わたしはちょっぴりあとがこわかったけれど、

「糸尾《いとお》くんと、西条《さいじょう》くんがいいと思います」

と、ふたりの顔を見ないように気をつけながら、発言《はつげん》しました。そのとたん、

「なんで、オレとアキラがいいんだよ」

糸尾《いとお》は大声でどなりちらしたばかりか、つくえの上に立ちあがり、

「どけ、どけ」

といいながら、人のつくえをとび石にして、どたどたとわたしの席《せき》の近くまでやってきました。それからゆかにとびおりると、わたしのむねのリボンをつかもうとしましたが、つかまずに手を引っこめると、

「ケッ」

と、わたしのつくえにつばを吐《は》いて、自分の席《せき》にもどっていきました。

それでわたしは、おろしたてのすみれの花もようのハンカチで、きたない糸尾《いとお》のつばをふきとらなければなりませんでした。でも、わたしは名前が星雲ミカですから、地球人《ちきゅうじん》の男の子なんかに負《ま》けてたまるかと思って、

「糸尾《いとお》くんのエネルギーと、西条《さいじょう》くんの空気のようなところをあわせ

たら、おもしろい学級《がっきゅう》新聞が作れると思います」

と、がんこにいいはりました。

「どうして、ボクが空気みたいなんだよ」

と、西条《さいじょう》はぶつぶつ文句《もんく》をいいましたが、この子はだいたい、いつもおとなしい子なので、糸尾《いとお》みたいにわたしにむかってはきませんでした。

糸尾《いとお》ハジメは、それからはでにさわぎだし、チャイムが鳴ってもまださわいでいましたが、日直《にっちょく》の議長《ぎちょう》が「採決《さいけつ》します」という前に、とつぜん態度《たいど》を変《か》えたのです。

どうして糸尾《いとお》が、最後《さいご》はおとなしく、新聞係《しんぶんがかり》を引き受《う》けたのか、それこそわたしには理解《りかい》できませんでしたが、田村先生の作戦《さくせん》を忠実《ちゅうじつ》に実行《じっこう》したわたしとしては、やれやれという気がした反面《はんめん》、あとが無気味《ぶきみ》に思われてなりません。でも、わたしは地球人《ちきゅうじん》の男の子たちに、弱みを見せるつもりはありません。星雲ミカは、五年三組のワルガキ代表《だいひょう》と、笑《え》顔《がお》で対決《たいけつ》します。

ハジメのつぶやき

この記録《きろく》は、近ごろものすごく頭にきたオレたちが、怒《いか》り心頭《しんとう》に発《はっ》して、ついに書き始《はじ》めてしまったものだ。ときどきむずかしいことばをつかうのは、オレたちの怒《いか》りをいいあらわすのに、そうすることが必要《ひつよう》だったからで、もちろん国語辞典《こくごじてん》を参考《さんこう》にしている。でなけりゃ、塾《じゅく》からも追放《ついほう》されちまったオレたちに、書けるわけねえだろ。

編集長《へんしゅうちょう》に星雲ミカをすえたのは、いちおうはこっちが頼《たの》んだかたちだが、うるさいからやらせただけのことだ。おせっかいな女だけど、なにしろ勉強《べんきょう》ができるし、先生の受《う》けが第一《だいいち》いい。ミカのオヤジはモノカキで、親ゆずりっていうのか、いい子ちゃんごっこをしていないときのミカなら、ことばもさえてるし、かっわゆいし、オレたちとしては、そうきらいじゃない。どうでもいいことだが、仲間《なかま》にいれたげる。

これがオレ、つまり主筆記者《しゅひっきしゃ》の前書きだ。あ、オレの名前は、糸尾《いとお》ハジメ。村田第三小、五年三組。担任《たんにん》は田村。人はオレをせっかちのドジ野郎《やろう》というけれど、はじめたらやめないオレが、なんでドジ野郎《やろう》なのか、聞《き》いてあきれるな。

アキラの主張《しゅちょう》

ではボクちゃん、西条《さいじょう》アキラが、バトンタッチします。ボクは「鳥へっぽこ新聞」の脇筆記者《わきひっきしゃ》です。お芝居《しばい》には、主役《しゅやく》と脇役《わきやく》がいるでしょう。新聞には、主筆《しゅひつ》と脇筆《わきひつ》がいるものだ、と、ハジメがいうので、ボクは脇《わき》筆《ひっ》になりました。ボクは給食《きゅうしょく》を食べるのが遅《おそ》いので、あきらめが悪《わる》いやつだといって、食べかけの容器《ようき》を、友だちが隠《かく》したりしていじめますが、ボクとしては、やっぱりゆっくりと食べたいので、やめてほしいと思います。ボクは近ごろ、べつに頭にきていませんが、親友のハジメが怒《おこ》ってこれをはじめるというので、いっしょにやることにしただけです。

ミカの言い分

この子たちに任《まか》せといたら、まったく何をしでかすか、わかったものじゃない。ふたりを新聞係《しんぶんがかり》にしたのは、最後《さいご》はわたしではありません。学級会《がっきゅうかい》でみんなにえらばれてしまったのに、うらみがましくわたしにばかりつっかかってくるのは、見当ちがいです。おまけに、学級《がっきゅう》委員《いいん》のわたしに編集長《へんしゅうちょう》までおしつけておいて、なによ。学級《がっきゅう》ニュースは、くだらないたいくつなものばかりだなどと、よくいうわね。ほんとうに頭にきてるのは、わたし、星雲ミカだということをはっきりさせたくて、わたしもこのワルガキたちといっしょに、新聞を作るはめになりました。でも新聞の名は、あの子たちが気楽に思いつきでつけたもので、わたしのアイディアではありません。念《ねん》のため。

ハジメのぐち

そもそもだな、文字を書くことが最大《さいだい》の苦手《にがて》ときているオレたちを、いやでも書かなきゃなんねえ新聞係《しんぶんがかり》に、なんでしなけりゃならねえんだ。それはまったく、田村のお嬢《じょう》（担任《たんにん》のあだ名）の、オレたちに対《たい》するあてつけで、オレたちの放課後《ほうかご》の行動《こうどう》をしばるのが目的《もくてき》なのさ。児童《じどう》会規則《かいきそく》の違反《いはん》を重《かさ》ねているオレたちのことを、担任《たんにん》にたれこみやがったやつがいるんだろ。そいつがだれなのかには、興味《きょうみ》がないけど。ともかく、オレたちふたりは、さいわい今は塾《じゅく》にもいっていないし、だれからも体《てい》よく敬遠《けいえん》されている新聞係《しんぶんがかり》の仕事《しごと》を、どっかのいい子ちゃんのようにおとなしくチマチマとやるには、おあつらえむきのワルガキと見られちまったわけなのだろ。

オレはあの運命《うんめい》の日の朝の会で、もちろん大声で抵抗《ていこう》した。ふざけるなとか、へちゃむくれとか、いま思いだすと、かなりてれくさいこともいっちまったよ。ところがわがクラスの、塾《じゅく》で上品な態度《たいど》まで仕入《しい》れてきているおぼっちゃまおじょうちゃま族《ぞく》たちは、無責任《むせきにん》にもオレたちを槍玉《やりだま》にあげといて、あとはシンとしずかにしたまま、お利口《りこう》そうな目玉でオレたちを凝視しやがるじゃねえかよ。え。あ、そうか。凝視はギョウシと読んで、見つめることだよ。おぼえといてくれよ。これからはいちいち解説《かいせつ》をいれないぜ、ベイビィ。

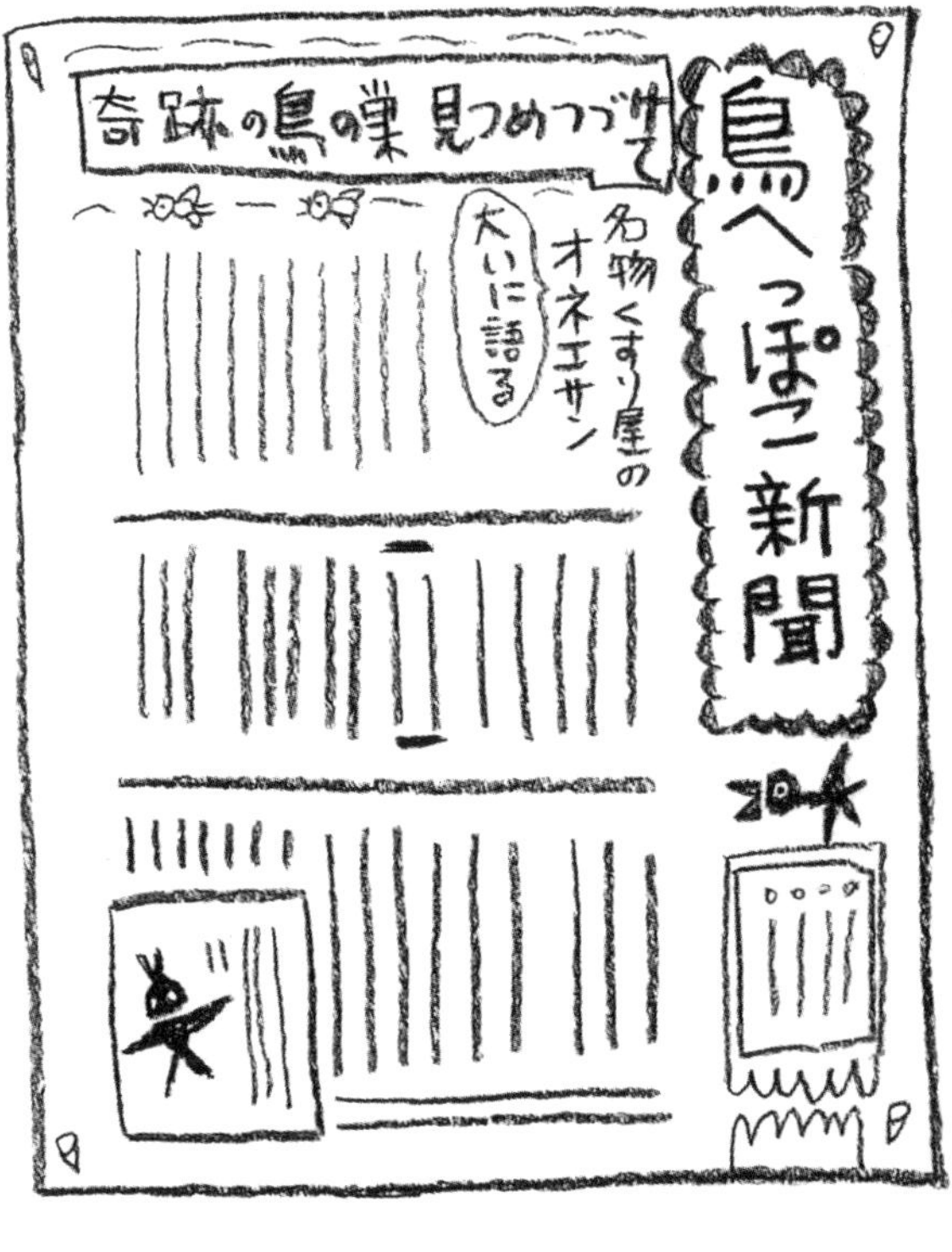
鳥へっぽこ新聞
奇跡の鳥の巣見つめつづけて
名物くすり屋のオネエサン
大いに語る

で、しまいにはミカのやつが、田村と口うらをあわせるように、「食わずぎらいもいいかげんにしたら。一回やってみてから文句《もんく》をいいなさいよ」

なんて、気のきいたご意見《いけん》を吐《は》きやがる。ミカのツンツンしたところが、大人ぶってて なまいきなので、

「ああ、そうかよ。一回やってみて、学級《がっきゅう》新聞のくだらねえことを証《しょう》明《めい》してみせりゃいいんだな。わかったよ。こんな係《かかり》、なくしちまおうよ」

と、思わずオレはいってしまった。そしたらアキラが……。いや、あいつはあいつで、いいたいことが山ほどあるはずだ。だけど、こんなにたくさん、ミミズがのたくったような字をなぐり書きするのは、生まれて始《はじ》めてだぜ。くたびれちまった!

ミカは美人《びじん》か

それで、ボクたちは一号《いちごう》だけ新聞を作って、新聞の中身《なかみ》がくだらないのは、編集長《へんしゅうちょう》のせいにしようと思いました。悪者《わるもの》にするのだから、編《へん》集長《しゅうちょう》は、勉強《べんきょう》ができて美人《びじん》がいいと、ハジメがいいますので、ボクもなんとなく、賛成《さんせい》しました。

「おまえが頼《たの》め」

と、ハジメがいったので、すこしいやでしたが、

「星雲さん」

と、ボクはミカにいいました。するとミカは、

「だれのこと」

と、とぼけるのです。ぼくがこまって、

「おまえのことだよ」

といって横《よこ》をむいたら、ミカは、

「いつもみたいに、ミー公とか、三日美人《みっかびじん》とか（静岡県《しずおかけん》で発見《はっけん》された化石《かせき》の三ヶ日人骨《みっかびじんこつ》と、三日坊主《みっかぼうず》をあわせてるらしいわ）、ミカブスとよんだら」

と、いいますので、

「じゃ、ミカブス。編集長《へんしゅうちょう》になってください」

と、頭をさげてたのみました。

星雲ミカは、学級委員《がっきゅういいん》なので、たぶん、両方《りょうほう》はできないといって、

ことわるだろうと思いました。でもミカはちょっと頭をかしげて、目をぱちぱちまばたきしてから、

「いいわ。編集長《へんしゅうちょう》に、なったげる。そのかわり、こき使《つか》うからね」

といって、笑《わら》いました。

ぼくはとてもうれしかったです。でもそれは、ミカが美人《びじん》だと、ボクが思っているからではありません。ボクはミカのことなんか、にくらしいやつだと思っているだけですから、誤解《ごかい》のないように、いっておきます。編集長《へんしゅうちょう》がきまらないと、ハジメとボクの計画は、おじゃんになってしまうのです。

新聞の名前を、なかなか思いつかなくて、四月と五月はその議論《ぎろん》ばかりしていました。そのうち、五月さいごの日曜日に、村田駅前《えきまえ》で、どっ

かのデパートがおもちゃをくばるとミカがいうので、ハジメといっしょに、見にいくことにしました。

就任《しゅうにん》あいさつ（四月×日）

ワルガキ二人組は、あきれはてたことに、わたしに編集長《へんしゅうちょう》をやれという。これにはなにか、たくらみがあるにちがいないわ。わたしはあの子たちの仲間《なかま》になる気はありません。でも、あの子たちにはまだあぶなっかしいところが多く、先生からも「しっかり見てやって」といわれていますので、しばらく相談相手《そうだんあいて》になったげる、というわけなの。たとえ一《いち》号《ごう》でも、「新聞のようなもの」が作れたら奇跡《きせき》ね。ふたりの記者《きしゃ》がちゃんとした取材《しゅざい》もできないでいるので、編集長《へんしゅうちょう》どのはとってもおひまです。星雲ミカでした。

行動開始《こうどうかいし》

なんて、えらそうにかっこうつけるのが、この女のいやみなところだぜ。ところで、そのミカだが、ほっぺたにえくぼなんかこさえちゃって、無邪気《むじゃき》そうな笑顔《えがお》をふりまきながら、そのくせ案外《あんがい》、油断《ゆだん》がならねえくせものだよ。こないだだって、

「新聞の名前は、あとからでいいでしょ。いよいよとなったら、『名なしの新聞』って手もあるわ」

と、ちょっといいことをいう。

「名なしの新聞」か、いけるじゃないか、というと、たたみかけるように、

「だからさ、ともかくキミたち、議論《ぎろん》ばかりしてないで、町や野原へ出てごらんよ。事件《じけん》は、新聞の名前がきまるのを、待《ま》っててくれないわよ」

などという。口はばったい。オレはくやしいから「ケッ」とへどを吐《は》くまねをしたが、アキラのやつ、「それで、それで」などと、ミカにおべっかをつかいやがった。そしたら「駅前《えきまえ》のおもちゃくばりの情報《じょうほう》」ときたんだ。まあいい。近ごろおもちゃもめずらしくないが、デパートが村田駅前《えきまえ》でチャラチャラやる宣伝作戦《せんでんさくせん》とやらを、ひまにまかせて見物《けんぶつ》してやろう。

まのぬけた昼

　ハジメとボクは、五月さいごの日曜日、午後一時ジャストに、村田駅《えき》前《まえ》のデパートにいきましたが、おもちゃをくばっている人なんか、ひとりもいませんでした。デパートは工事中《こうじちゅう》で、係《かかり》の人はいませんし、この日は日曜なので、建築現場《けんちくげんば》の人もいませんでしたから、駅前《えきまえ》の交番で聞きましたら、「おもちくばりはもうおわった」と、いわれました。ボクたちはおもちをおもちゃとまちがえたうえ、時間までとりちがえてきてしまったのです。ばかばかしくなって帰ろうとしたところ、建築現場《けんちくげんば》と反対側《はんたいがわ》の、鉄筋《てっきん》コンクリート二階《にかい》だての薬屋《くすりや》の前に、ミカとよく似《に》た感《かん》

とき薬品

じの女の子が、こちらに背《せ》をむけて立っていました。ぼくたちは、もしミカなら、どうしてまちがったことを教えたのか、文句《もんく》をいってやろうと、近くに行ってたしかめることにしました。

ミカブスでいいわよ

ワルガキふたり組は、わたしのうしろから、だれにだって聞きわけられる、独特《どくとく》のとぼけた声で、「ミカブス！」と叫《さけ》んだわ。わたしだって、わざとちがったことを教えたわけじゃない。わたしもデパートのおもちくばりは、見ていないの。そのかわり、わたし、いいもの見つけちゃった。薬屋《くすりや》の二階《にかい》のコンクリ壁《へき》に、ツバメが巣《す》を作っているんです。いまにもふりだしそうなくもり空で、きょうはツバメが低《ひく》くとぶなぁって、はじめはぼんやり見ていたのだけれど、そのツバメが、巣《す》に餌《えさ》をはこんでいるようなので、わたしはしばらくそれに見とれていました。そこへハの字とアの字の豆記者《まめきしゃ》たちが、のこのこやってきたっていうわけです。

ちなみに、わたしはミカブスとよばれることが、そんなにいやではありません。それは、わたしが日ごろから顔に自信《じしん》があるという意味《いみ》ではなく、ブスで心のやさしい人が、わたしの理想《りそう》の女性像《じょせいぞう》だからです。

とっくりのような巣《す》

それがよ。立っていたのは、ミカにはミカなんだが、ふだんのミカと、どうも様子《ようす》がちがうんだ。あいつはいつでも、ちょこまか動《うご》いてて、おまけによ、口からさきに生まれてきたみてえに、ピーチクパーチク、しゃべりまくるだけが取《と》り柄《え》のようなやつなんだが……。この日にかぎって、まあ、しゃべる相手《あいて》がいなかったからかもしれないが、じーっとなにかを見つめてるのさ。ふぬけのように。

「なにぼんやりしてるんだい。おまえ、でたらめ教えたろ」

と、オレがいうのと、あいつが口もとに人さし指《ゆび》をたてて、「シーッ」と、だまれのあいずをしたのが、まあ、ほとんどいっしょだった。

ミカが薬局《やっきょく》の上を指《ゆび》さすので、しかたがねえから見てやったさ。その建《た》てものの二階《にかい》の軒《のき》に、どろのつぶつぶをくっつけあわせた、鳥の巣《す》らしいものがあってよ、オレもつい、つりこまれて見ちまったんだが。そこへちょうど、鳥が帰ってきてさ、細長い巣《す》の入り口から、中にもぐりこんでいくのをたしかに見たんだ。オレはなにしろ、カラスとドバト以《い》外《がい》、鳥の見わけなんかつかない。スズメだって、名前は知っているけど、どれがスズメといわれればお手あげさ。とんできた鳥は、ものすごいスピードの持《も》ち主《ぬし》だったから、なおのこと、なんだか見当もつかなかった。軒《のき》、といっても、ちっちゃなビルのような建《た》てものだから、壁《かべ》と直角《ちょっかく》のせまい張《は》り出しがあるだけなのだけど、巣《す》はその壁《かべ》にへばりついてて、ぷくっとふくれてて、それから花びんかなにかの首のように、まあ細長いくだが、その張《は》り出しのほうにのびているんだ。うん、いま絵に描《か》いてみせるよ、記《き》憶《おく》をたよりにしてな。ま、こんなふうだ。つまり、鳥の巣《す》の、天井《てんじょう》とつき当りの壁《かべ》にあたるところは薬屋《くすりや》の建《た》てものだから、かたくてしっかりしている。ところが底《そこ》のほうは、ふくれた花びんの底《そこ》も、花びんの首の部分《ぶぶん》の地面《じめん》にむいたほうも、どろのつぶつぶだけで作られているわけなんだ。鳥の巣《す》のことなんか、オレ、知らねえけど、そのオレが見たって、へんてこな巣《す》だと思ったよ。おっと、アキラがなんかいいたがってる。やつもあきらめない男だから、ちょっといいたりないけど、このさいゆずる。

コシアカツバメさん

ミカ、とよびすてにすると、あとがこわいような気もしますが、ミカが、

「ねえ、ツバメさんよ。かーわゆい」

というので、へーん、ただの女の子だなあ、と思いながら見てみました。ボクは小さいころから、鳥だとか、虫だとかが、とてもすきですから、ミカがツバメさんといったのを、「あほんだら。鳥にさんをつけるやつがあるか」とハジメはいいますけど、ぼくの意見《いけん》はすこしちがいます。ミカが鳥にさんをつけたのは、ボクとしては賛成《さんせい》です。ただし、ボクはまねしませんけど。

ところで、ミカはツバメさんといいましたけれど、その点で一つ、まちがいをおかしています。星雲ミカは、ほんとうはコシアカツバメさん、といわなければならなかったのです。ミカという女の子は、きっといままで、「しあわせの王子」の絵本かなにかで、絵に描《か》いてあるツバメだけを見て、ツバメを知っているつもりになっていたのでしょう。それで、

この日、生きているコシアカツバメを見て、ツバメだツバメだと、うかれてながめていたのでしょう。はじめてこういう鳥を見て、感激《かんげき》したのはわかりますが、まちがいをなおしておきますので、これからは気をつけてください。

弱虫博士《はかせ》くん

わたしがただのツバメだと思って見ていたのが、じつは、コシアカツバメという、別《べつ》の種類《しゅるい》の鳥だったなんて、いじめられっ子のアキラがいうのにはおどろいたわ。それを教えてくれたときのアキラときたら、いつもとちがって、目がぎらぎら光っていたの。ほんとうはいたって気が

小さいくせに、

「おい、ミカ。そりゃ、ちがうぞ」

なんて背《せ》のびしちゃって。

「なにがちがうの？」

「鳥が巣《す》から出てくるとこ、よく見てろよ。こしのあたりが何色して
るか、よく見てろよ」

と、アキラがいうので、ずいぶん気をつけて見ていたつもりなのだけれ
ど、とびたつときのすばやさったら！

「な、わかっただろ」

アキラは得意《とくい》そうに、鼻《はな》をもごもご動《うご》かしながらいったわ。でもわた
しには、なんにもわかんない。するとアキラは、

「じゃ、鳥がもう一度《いちど》もどってくるとこ、よく見てろよ。こしのあたりが何色してるか、よく見てろよ」

そういいながら、弱虫の豆記者《まめきしゃ》さんは、ごきげんよさそうにニタニタ笑《わら》うじゃないの。

そしたら、巣《す》からとびたって一分かそこらのうちに、二羽の鳥さんが帰ってきたのよ。それでね、巣《す》の入り口が一輪《いちりん》ざしの花びんの口のように、細く小さく開《ひら》いているものだから、入る前に、パタパタとはばたきながら空中にとまって、ほんのちょっとのあいだだけど、鳥さん、花びんの口からもぐりこむ準備《じゅんび》をしてたみたいに見えたわ。

このときはじめて、アキラのことばの意味《いみ》が、わたしにわかったのです。

この鳥のこしのところは、赤、というよりはもっとすてきなれんが色で、だから名前をコシアカツバメというのね。

「キミのいうこと、わかったわよ。でもさ、ツバメはツバメなんでしょう」

と、わたしがいうと、

「ひと口にツバメといっても、いろんな種類《しゅるい》があるんだ。ただツバメといったらよ、上向《うわむ》きの、おわん形の巣《す》を作るからさ、親鳥が虫をとって帰ってきたとき、ひなが餌《えさ》をねだって口をパクパクさせるのが、人間の目にも見えるよ」

いわれてみると、そんなものかと思う。

「だけどコシアカツバメはな、巣《す》の作りかたがちがう。びんみたいな巣《す》だろ。とっくりみたいな巣《す》だろ。それでよ、トックリツバメという別《べつ》名《めい》でよばれることもあるのさ」

これを聞いて、わたしは思わず、ウーンとうなってしまったわ。給《きゅう》食《しょく》をかくされてべそをかく、さえない西条《さいじょう》アキラくんは、いったいどこへいってしまったのでしょう。いつだっていっしょの糸尾《いとお》ハジメが、

「アキラよう、おめえ、へんなこと知ってやがるな。鳥がただすきなだけだと、オレ、思ってたぜ、いままで」

と感心《かんしん》していうと、

「ボクは鳥がただすきなだけさ。それから、虫もすきだな。ただすきなんだよ」

ですって。

わたしはなんだか、西条《さいじょう》アキラのことばに、すこしだけ感動《かんどう》してしまっ

た。そうして学級《がっきゅう》新聞の取材《しゅざい》は、もうこの駅前《えきまえ》広場ではじまってるように思ったの。

ハジメの発見《はっけん》

アキラはまったく、おかしなやつだよ。大むかしのコシアカツバメは、岩山のがけにどろをくっつけて、花びん形の巣《す》を作る鳥だったのが、人間がこさえた建《た》てものの壁《かべ》を、岩山のかわりにして、町にすむようになったのだろ、なんてまったく、奇妙《きみょう》なことをいう。アキラの話では、こしが白くて、尾羽《おばね》が短《みじか》いイワツバメも、デパートや駅《えき》に巣《す》を作ったりすることがあるそうだ。

「イワツバメなら、村田駅《えき》にもいるよ。山が住みにくくなったので、町に追《お》われてきたんだろ」

などと、アキラはすましている。そんなアキラは、いやにおとなっぽくて、口はばったい。

規則《きそく》をやぶることにだけ、かぎりない生きがいを見いだしてきた、糸《いと》尾《お》ハジメの立場はどうなるんだよ。

ミカのやつが、アキラの説明《せつめい》に感心《かんしん》しちゃって、

「ね、ね、ね、アキラくん。でも、コシアカツバメさんの花びんだけどさ、ただのどろなのに、ってことは、陶器《とうき》みたいに焼《や》いてかためたりしていないのに、どうして地球《ちきゅう》に落《お》っこちないのかしら。丈夫《じょうぶ》にするた

めの、なにかがまぜてあるのかな」

などと、ぺらぺら早口にいったのさ。ミカは名字《みょうじ》が「星雲」だけあって、ときどきことばのつかいかたが、なみの小学生とちがいやがる。地面《じめん》に落《お》っこちる、といわないで、地球《ちきゅう》に落《お》っこちるだなんて、オレたちだったら、いや、すくなくともオレだったら、てれくさくなっちまうさ。

ところが、アキラのやつ、目の前のコシアカツバメで、すっかり気をよくしているものだから、調子《ちょうし》にのっちゃってさ。

「そうなんだ。巣《す》をよく見てごらんよ。草の茎《くき》がまぜてあるのが、かすかに見えるだろ。ねばねばしたつばでどろをかためるときにさ、草の茎《くき》のような、じょうぶなセンイをまぜるんだよ」

「でしょ、でしょ、でしょっ」

これはミカブスのあいづちさ。ふたりが夢中《むちゅう》で話しながら、オレを無《む》視《し》してコシアカツバメの巣《す》を指《ゆび》さしたりしてる。

だけどな、薬局《やっきょく》の二階《にかい》のコシアカツバメについていえば、オレにだってちょっとした発見《はっけん》の物語《ものがたり》があるんだ。オレはつまらなくなって、横《よこ》をむこうとした。そのときふいに「コシアカの巣《す》、一つしかねえのかな」と、オレは思った。だから薬局《やっきょく》の二階《にかい》の軒《のき》を、オレはずうっと、はしのほうまで見てみたんだ。そうすると、コシアカの巣《す》は、この建《た》てものの軒《のき》に、一つじゃなかった。ミカとアキラが見上げている巣《す》から、右に五メートルほどはなれたところにもう一つ、みごとな花びん形をしたどろの巣《す》があって、そのびんの口のあたりにくっついているどろの色が黒くぬれて見えるのは、最近《さいきん》コシアカがドロを運《はこ》んでくっつけたことを証明《しょうめい》している。はじめからミカが見とれてた巣《す》と、オレが新たに気づいた巣《す》との間には、こわれた巣《す》のあとが二つもあった（コシアカの巣《す》って、こわれることがあるんだ）。

オレはおもしろくなって、このあたりに、コシアカの巣《す》がいくつあるのか、もうすこしちゃんと見てみようと思った。で、東側《ひがしがわ》に正面《しょうめん》をむけた薬屋《くすりや》のビルを、駅《えき》のほうにたどって角を曲《ま》がると、建《た》てものの北側《きたがわ》に、いくつものコシアカの巣《す》がとりついているのが、すぐにわかった。

巣《す》の数はぜんぶで十こ。巣《す》のあとだけが、やっとこさで残《のこ》っているのも数にいれてある。そのうち、ちゃんとした、つかいものになる花びん形の、といっても、壁《かべ》と天井《てんじょう》にはりついて作ってあるのだから、花びんをたて割《わ》りにした形の、といったほうが正確《せいかく》だが、そういうまともな巣《す》といえるのは六こしかない。

これはどうしたことだろう。

ひな鳥の重《おも》みでどろ壁《かべ》がくずれて、惑星《わくせい》に落《お》ちてしまったんだろうか。

えへへ、地面《じめん》に、というところを、星雲ミカ流《りゅう》に気どってみたら、やっぱし、うまくいかねぇよ。へんなことばは、星雲ミカひとりでたくさんだってことなのかね。

それよか、オレの真《しん》の発見《はっけん》は、その次《つぎ》の段階《だんかい》でおこったことだったのさ。オレはもう、愉快《ゆかい》になっちまって、ミカとアキラにはなかよしさんごっこをやらせとくことにして、こわれた巣《す》やら、こわれてない巣《す》やらの、観察《かんさつ》っていうのかな（これもてれるぜ）、そいつをしばらくつづけていた。べつのコシアカがとんできて、巣《す》作りのやりかたを見せてくれねぇかな、という期《き》待《たい》もあった。

ところが……。

コシアカじゃねぇやつが……

「なんだ、なんだ、どうなってんだよ」

と、ハジメがだらしのない声をあげたので、ミカとボクは、おしゃべりをやめてハジメのほうを見ました。

「オレじゃねぇよ。ほら、あそこ、見てみろ」

ハジメが指《ゆび》さしたので、コシアカツバメのべつの巣《す》が、同じ建《た》てものにくっついていることがわかりましたけど、ハジメがさわぐ理《り》由《ゆう》がわか

りません。するとハジメは、さもじれったそうに、

「コシアカじゃねえやつがよ、コシアカの巣《す》に、もぐりこんでいったんだ」

というのです。ハジメはひと目見たところ、強そうなガキ大将《だいしょう》ふうの男の子ですが、おっちょこちょいですから（ボクはおっちょこちょいではありません）、コシアカツバメがはいっていったのを、ちがう鳥と見まちがえたのだろうと思いました。でも、三人でじっと見まもっていると、この巣《す》から出てきたのは、コシアカツバメではなく、スズメだったのです。

ボクもとてもへんだと思ったし、ミカだって非常《ひじょう》におもしろがりましたので、三人でしばらくその巣《す》を見ていよう、ということになりました。

アキラって、ほんとうはかっこいい……

ハジメったら、楽しいことに、スズメの見分けもつかないの。コシアカじゃねえやつ、ですって。わたしだってさすがに、スズメは知っていましたが、コシアカツバメをただのツバメだと思っちゃったのですから、人のことはいえませんね。

でも、スズメさんが、コシアカツバメさんが苦心《くしん》して作った空き家の巣《す》を、ちょっと失礼《しつれい》、とも、きっといわないで、自分のおうちとしてつかっているのには、あきれてしまいました。コシアカツバメさんの巣《す》に出入りするスズメさんは、花びんの中で、赤ちゃんを育《そだ》てているのでしょうか。見ていると、何度《なんど》も何度《なんど》も、外にとび出してはまたもどってきて、巣《す》の中のようすは見えませんが、子どもに餌《えさ》を運《はこ》んでいる親鳥の姿《すがた》のように、わたしにには見えるのでした。

コシアカツバメさんが、もう家を建《た》てかえようと思って、べつのところにいってしまったあと、スズメさんは借家《しゃくや》をしたのでしょうか。それとも、からだの小さなスズメのほうが、大きいコシアカツバメを追《お》いだして、自分の家だといいはっているのでしょうか。法律的《ほうりつてき》には、どうなるのでしょう。

それはともかく、ハジメが見つけた、巣《す》のあとだけが残《のこ》っている四カ所《しょ》は、やはりショックでした。アキラに聞くと、

「大むかしからどろで巣《す》を作ってるコシアカツバメがさ、ちゃんとしたじょうぶな巣《す》を作れないと思うかい」

ですって。アキラという子は、青ばなの二本棒《にほんぼう》こそたらしていませんが、担任《たんにん》の田村先生も、しょっちゅうアキラの頭にてのひらをぽんとのせて、

「ほら、ボタンがはずれてる。バンド、きちんとしめなさい」

などとおっしゃるのです。ですから教室にいるときのアキラは、勉強《べんきょう》より以前《いぜん》に、生活委員《いいん》の子たちがかかりきりで、頭をなやませなければならないのです。

それなのに、それなのに……。

鳥のことを語るときの、西条《さいじょう》アキラはさえています。たくさん知っているだけではなくて、アキラの話を聞いていると、ハッとさせられるのです。

でも目の前には、どろの花びんがこわれて落《お》ちたあとが、証拠《しょうこ》として

いくつも残《のこ》っています。コシアカツバメの巣《す》が、もとはそこにあったはずだ、と、巣《す》のあとの形がありありと語っているのです。

アキラはいかにも自《じ》信《しん》ありげで、けろりと陽《よう》気《き》な顔をしていますが、わたしにはさっぱりわけがわからなくなりました。そこで三人は、コシアカツバメの巣《す》がこわれたときのこと、というか、ひな鳥が店の前の道《どう》路《ろ》に落《お》ちて、死《し》んでいたことがあるかどうか、お店の人にたずねてみることにしたのです。お店の人なら、なにかこの秘《ひ》密《みつ》を解《と》く鍵《かぎ》となる事《じ》実《じつ》を、知っているかもしれないと思ったのです。

創《そう》刊《かん》号《ごう》のトップ記《き》事《じ》

知らねえ人と用もねえのに話をするなんて、オレはいやだ、と抵抗《ていこう》したんだが。星雲ミカの野郎《やろう》が、いや、編集長《へんしゅうちょう》どのがさ、はじめてのインタビューなのだから、主筆《しゅひつ》がさきに立つべきだ、と、こだわりやがったのさ。しゃらくせえ、と思った。ミカは正しいことばかりいうし、おまけにこっちの目を見やがるだろ。やだよ。

だけど、ここはひとつ、オレがおとなになって、折《お》れとくことにした。

こうしてできた「鳥へっぽこ新聞」の、創刊号《そうかんごう》トップの記事《きじ》は、次《つぎ》のとおりです。

「奇跡《きせき》の鳥の巣《す》、見つめつづけて」

名物薬屋《めいぶつくすりや》のオネエサンおおいに語る

村田駅前《えきまえ》の、漢方薬屋《かんぽうくすりや》、ツウカイ堂《どう》の建《た》てものに、コシアカツバメが巣《す》を作っているが、知っているか。ちゃんとした巣《す》と、こわれちまった巣《す》があり、ちゃんとした巣《す》には、コシアカ自身《じしん》が住んでいるのと、ちゃっかりスズメが空き家（？）を利用《りよう》してるのと、両方《りょうほう》ある。

五月×日、編集部《へんしゅうぶ》一同は、コシアカの巣《す》を見て、こわれちまってる巣《す》が気にかかり、ひな鳥は、どうなったのだろうと心配《しんぱい》した。だがよ、どちらにしても、すぎたことで、考えたら結論《けつろん》が出るってものじゃない。だからツウカイ堂《どう》のガラス戸をたたいて、店の人に、話を聞いた。

主筆記者《しゅひっきしゃ》「あのう、二階《にかい》の壁《かべ》にある、鳥の巣《す》のことなんですけど……」

ツウカイ堂《どう》の若《わか》いオネエサン「コシアカツバメのことですね」

（ムム、知ってるのか、さすが。）
記者《きしゃ》「こわれてる巣《す》もありますね」
オネエ「長い年月には、ね」
記者《きしゃ》（ええっ、とおどろいて）「鳥がきてから、もう長いんですかぁ」
オネエ「ここの主人《しゅじん》もはっきりおぼえていないというくらい、ね」
記者《きしゃ》「ひながいるとき、巣《す》が落《お》ちること、あるんですかぁ」
オネエ「さあ、それはまず、ないのじゃないかしら。断言《だんげん》はできないけど。古くてつかわれなくなった巣《す》が、ぼろぼろこぼれるように、落《お》ちたんでしょうね」
記者《きしゃ》「どうして、そーゆーことが、わかるんですか」
オネエ「といわれると、こまりますけど。でも、わたしがこのお店にき

てから五年というもの、ひな鳥はちゃんと、巣《す》立っていったわ。あの巣《す》はね、そう簡単《かんたん》に壊《こわ》れるものではないようよ」

記者《きしゃ》「どうしてそんなに、じょうぶなのだと、思いますか」

オネエ「さあねえ。あなた、どう思う？　研究《けんきゅう》してごらんなさいな」

主筆記者《しゅひつきしゃ》は、「あなた」とよばれたからではなく、ぎゃくにこちらが取材《しゅざい》されてしまいそうなふんいきを感《かん》じたので、

記者《きしゃ》「け、研究《けんきゅう》といってもですね、オレはですね」

と、抵抗《ていこう》しようとしたのであるが……。（記事《きじ》おわり）

脇筆記者《わきひっきしゃ》のニュース解説《かいせつ》

創刊号《そうかんごう》トップ記事《きじ》は、ハジメが自分の力で、ということは、ママにてつだってもらわずに書いたにしては、上出来なのだと思います。だいたい、ボクだって漢字《かんじ》の練習帳《れんしゅうちょう》に、いやいや字を書くことはありますけど、作文の宿題《しゅくだい》をやったことは一度《いちど》もないのです。でも人が書いた文を読むと、おかしなところはやっぱりおかしく、ハジメの書いた記事《きじ》は、まがぬけています。ですからボクが、脇筆記者《わきひっきしゃ》の責任《せきにん》を果《は》たすという意味《いみ》で、ニュース解説《かいせつ》を書くことにしました。

ニュース解説《かいせつ》　コシアカツバメは、ツバメ科ツバメ属《ぞく》の、夏に日本にくるわたり鳥です。はるばると、どこからわたってくるのかというと、冬は中国の南のほうや、ミャンマーなどですごすと、本に書いてありました。ミャンマーから村田市のある日本の首都圏《しゅとけん》まで、およそ五千キロメートルもはなれていますから、乗《の》り物《もの》にも乗《の》らず、自分の羽でとんでくるのは、なかなかたいへんでしょう。

コシアカツバメは、日本ではあたたかい地方に多く、首都《しゅと》東京の周辺では、あまり観察《かんさつ》されません。ボクはこのあいだの休みの日に、ひとりで三浦半島《みうらはんとう》の天神島《てんじんじま》へいきましたが、そのとき海岸《かいがん》の岩の上に、コシアカツバメが二羽いました。ツバメのしっぽは、燕尾服《えんびふく》のように二本にわかれていますが、コシアカツバメもそうです。でも、コシアカツバメは、とぶときに尾羽《おばね》を一本にあわせてとぶことがあるのを、ぼくは天神島《てんじんじま》ではじめて知りました。

コシアカツバメの巣《す》がじょうぶなのは、どろをつばでよく練《ね》って、それに草の茎《くき》などのセンイをまぜてあるからですが、花びんのような巣《す》の形も、とてもこわれにくい形なのではないか、と、ボクは思います。花びんは床《ゆか》に落《お》としたり、テーブルの角にぶつけたりすれば、かんたんに割《わ》れてしまいますけど、空中にあるコシアカの巣《す》は、かたいものにぶつかる心配《しんぱい》はありません。

さて、ボクは去年《きょねん》の六月、パパとママと妹と四人で、山梨県《やまなしけん》の甲斐大泉《かいおおいずみ》に、野生のあやめの花を見にいったとき、巣《す》から落《お》ちる子スズメを見ました。はじめはわからなかったのですが、子スズメが落《お》ちてきたから、農家《のうか》の土蔵《どぞう》に巣《す》があることがわかったのです。そのとき、ものすごい勢《いきお》いで、親スズメが落《お》ちてくる子スズメのあとを追《お》って、野球《やきゅう》のボールのように地面《じめん》めがけておりてきたのです。でも親スズメには、子どもを助《たす》けることはできませんでした。地面《じめん》に落《お》ちた子スズメの死体《したい》を、ボクは手のひらの上にのせて見ました。スズメのからだは、とてもあたたかいのだということが、なんだかふしぎに思われました。ボクと妹は、農家《のうか》のおばさんにわけを話して、庭《にわ》にお墓《はか》を作らせてもらいました。

自然界《しぜんかい》には、こんなこともあるのですから、コシアカツバメの巣《す》が、どんなにじょうぶなしくみになっているとしても、ひなが中にはいったままで、ぜったいにこわれることがないとはいえないでしょう。でも、あの店員《てんいん》らしいオネエサンの話は、ボクの気《き》持《も》ちを、かなり安心《あんしん》させてくれました。

近ごろ、ボクはコシアカの夢《ゆめ》をよく見ます。晴れわたった高い空を、はばたかずにスーッととんで、それからボクの目の前にきて、キュルキュル、ジュリジュリ、と鳴くのです。

ツバメ、はじめて知ったわ

今年の初夏《しょか》はこうして鳥でもちきりになったわ。わたしはほんもののツバメ（？）を知らないのがくやしくて、ツバメの巣《す》さがしをはじめるし。商店街《しょうてんがい》の酒屋《さかや》さんの軒《のき》に、ツバメの巣《す》を見つけたときのうれしさったらなかった！

ツバメの巣《す》は上向《うわむ》きのおわん形。酒屋《さかや》のおじさんが、軒《のき》に水平《すいへい》に板《いた》をくぎで打《う》ちつけて、ツバメさんが巣《す》を作りやすいように、台を用意《ようい》してあげてるの。

下から見上げても、ひな鳥の顔が見えないので、巣《す》の中のようすがわかりません。でも、わたしが見ている前で、親鳥がなにかの虫を空中でパクリと口にいれ、なめらかな線を描《か》いて巣《す》にもどったとき、四羽の赤ちゃんツバメが、いっせいに巣《す》のふちから顔を出して、大きな黄色い口をあけてかわいらしく鳴きはじめたのです。顔じゅう口にしちゃって、まあ、なんてこと！

親ツバメは、せっせと餌《えさ》を子どもたちに運《はこ》ぶのですが、二回つづけて食べものをもらえる子もいれば、五回もたてつづけに待《ま》たされる子もいるのには、びっくりしました。でも、すこしの時間しか見ていませんでしたから、ちょっと不公平《ふこうへい》に見えたのでしょう。四羽とも、なかなか元気なきかんぼうさんのようですから、一日のあいだには、みんなおなかいっぱい、おいしい虫をもらえているのでしょうね。

村田駅《えき》の、学校がある南口とは反対側《はんたいがわ》に、イワツバメの巣《す》があるぞ、とアキラがいうので、編集部《へんしゅうぶ》三人組は六月の第一日曜日に取材《しゅざい》にいきました。

駅《えき》ビルの北の壁《かべ》がくぼみになったところを利用《りよう》して……それこそコンクリート・ビルを岩山と見たてて……何十羽ものイワツバメたちが集団《しゅうだん》生活をしているのです。アキラの双眼鏡《そうがんきょう》をかりて、わたしはイワツバメの巣《す》を夢中《むちゅう》でさがしましたが、遠いのと暗《くら》いのとでよくわかりませんでした。

創刊号《そうかんごう》の紙面《しめん》は、ハジメのトップ記事《きじ》と、アキラのニュース解説《かいせつ》とでほとんどうまってしまったので、わたしは小さな四角いコラムをようや

イワツバメは こしが白い。
イワツバメは しっぽが短い。
絵筆で
空に線を
描くように、
仲間の鳥と
どっちが
じょうずに飛べるかと
まるで競争しているように
イワツバメは飛ぶよ。
イワツバメは 空を すべるよ。

く確《かく》保《ほ》し、イワツバメの印象《いんしょう》を記事《きじ》にしました。題名《だいめい》はなぜかありません。考えつかなかったからです。

学級《がっきゅう》新聞が受《う》けたわけ

今日から梅雨《つゆ》入りという日、オレたちの新聞が完成《かんせい》した。なるべくつまらない、くだらない新聞にして、その責任《せきにん》を編集長《へんしゅうちょう》におしつけ、新《しん》聞係《ぶんがかり》などとは金輪際《こんりんざい》（意味《いみ》わかるよな）オサラバしちまおうという、オレとアキラの計画はみごとに失敗《しっぱい》した。いや、アキラはオレの言い分に文句《もんく》をつけなかっただけで、内心は新聞係《しんぶんがかり》がいやじゃなかったのかもしれないけど……。

組のやつらが、オレたちの苦心作《くしんさく》、つまり創刊号《そうかんごう》を、みんな目を皿《さら》のようにして読んでくれた理由《りゆう》は三つある、とオレは思う。

一つめは、なんといっても、編集長《へんしゅうちょう》が星雲ミカだからだ。新聞がみんなにくばられると、ミカのやつは、ひとりひとりのクラスメートの顔を例《れい》のえくぼつき大目玉でのぞきこみ、

「ね、ね、ね、すぐ読んで。ちゃんと読んで」

これだ。ミカにそうまでされて、読まずにいられるわけがない。

二つめは、題名《だいめい》のよさだね。「鳥へっぽこ新聞」では、読んでみないことには、なにがなんだかわからないではないか。もっとましな、しゃれた名を思いつかなかったのかというのかい。鳥が出てきて、オレたちへっぽこふたり組がおもに作って、親分が宇宙《うちゅう》からきた異星人《いせいじん》の星雲ミ

カとくりゃ、ほかに名づけようがないじゃねえかよ。

三つめは……。

もういい。三つめは、オレたちに新聞など、作れるはずがないからだよ。アキラにはわるいが、オレたちはどこから見ても、りっぱなまぬけのトンチキなんだ。いまどき塾《じゅく》へもかよわず、放課後《ほうかご》のひまをもてあましてる小学五年生が、村田市内にほかにいるかよ。

先生も知らない……

創刊号《そうかんごう》は、ハジメがへんなことばづかいの記事《きじ》を書きましたが、それにもかかわらず、とても好評《こうひょう》でした。

田村先生は、先生たちみんなにくばりたいし、ほかの組の子たちにも読んでほしいわ、などとおっしゃいました。

いちばんおもしろかったのは、ツバメがどんな鳥か、ちゃんと知っている子が組にひとりもいなかったことです。コシアカツバメやイワツバメはなおさらです。田村先生は、東京のまん中で育《そだ》ったのだそうで、子どものころツバメを見たことがあるような気がするけれど、よくおぼえていないそうです。ツバメを知らなくても、おとなにもなれるし、先生にもなれちゃうんですね。ふしぎな気がボクはします。

鳥の相談所《そうだんじょ》

新聞が出たとたん、新聞係《しんぶんがかり》はまるで、「鳥の相談所《そうだんじょ》」みたいになってしまった。

わたしのところにまで、子ツバメはどうやってとべるようになるの、などと聞きにくる人がいるんだもの。わたし、こまっちゃう。

でもでも、アキラがいるからだいじょうぶ。クラスメートからの質問《しつもん》ぜめには、ハジメも最初《さいしょ》はこまっていたみたいだけど、あの子にはちょっと、度胸《どきょう》のいいところがあるものだから、

「それはですね、えーとですね……」

なあんて、けっこう楽しそうにやっている。ハジメのおとなりには、いつでもアキラがいて、知恵《ちえ》はアキラから出ているにきまっている。

ところでこの日は、創刊号《そうかんごう》が出たほかに、わすれられないできごとが

一つあった。それが偶然《ぐうぜん》にも、鳥に関《かん》する事件《じけん》だったの。

記者《きしゃ》のたましい

事件《じけん》とくれば取材《しゅざい》。
事件《じけん》がなくても取材《しゅざい》。
はらがへったら、はらごしらえ。
それからやっぱり、取材《しゅざい》……。
これが新聞記者《きしゃ》たるものの、宿命《しゅくめい》よ。

こういうことばづかいは、小学生らしくない、といって、すぐ否定《ひてい》す

るのは、教科書とにらめっこばかりしている学校の先生たちばかりだろ。

オレはなんだか、おもしろくなってきちまったんだ。鳥もそうだが、新聞作ることがな。

創刊号《そうかんごう》を作った記念《きねん》すべき日に鳥の事件《じけん》がおこったのも、できすぎてはいるが、事実《じじつ》なのだから、アキラとオレは、さっそくその取材《しゅざい》にあたることにしたのさ。

タカシ、カラスの鳴きまねをする

その日の午後、ハジメとボクよりも、すこしはましだけれど、かなりいたずらっ子で、校長先生からもしかられたことがある六藤《むとう》タカシが、

編集長《へんしゅうちょう》のデスクになぜかおずおずとやってきて、

「あのな、ぼくな」

といいだしにくそうに切りだしたのです。ハジメとボクが、ミカの席《せき》のところへいって、第二号《だいにごう》の新聞を作るか作らないか、相談《そうだん》しようとしていた矢先でした。

「なあに、タカシくん」

とふりむいたミカは、ボクたちに話すときより、すこしですが、やさしいしゃべりかたでした。

「きのうの夕方な、いちょうの木の下で、ボクな、カラスに頭つつかれたん……」

タカシは村田第三小では少数派《しょうすうは》のいがぐり頭を、ちょっぴり恥《は》ずかしげにひねって見せました。かみの毛のためにぷかぷか浮《う》いてしまったばんそうこうが、カラスのくちばしにやられたことをしめしています。

「石でも投《な》げて、カラスさんにいじわるしたんでしょ」

そういうときのミカって、おない年のオネエサンという感《かん》じで、カッコいいですけど、ボクは「ちがうな」と、すぐに思いました。カラスに石を投《な》げたら、カラスはおそれて逃《に》げていくのがふつうでしょう。

「いじわるしないのに、つつかれたよ」

「ほんとうに、なんにもしなかったの」

「なんにもしなくはなかったさ」

「じゃ、なにをしたの、いちょうの木の下で」

「カラスの鳴きまね」

「カラスの鳴きまね？」

と、おどろいてすっとんきょうな声をあげたのは、主筆記者《しゅひっきしゃ》のハジメでした。

「校庭《こうてい》のはじのな、川のこっち側《がわ》のな、いちょうがならんで植《う》わってるとこの、下へいってな、ボク、川をわたろうとしたん」

「川をわたることは、児童会規則《じどうかいきそく》で禁止《きんし》でぇすっ！」

と、星雲ミカが、すばやく自分の名前に似《に》あわないイイコチャンにもどっていいました。

「ちがうんだよ！　川をわたろうとしたらな、川の水がくさいんでな、どうしようかなあ、よそうかなあと思ってな、ボク、いちょうの木に登《のぼ》ってみようとしたん」

「なんでまた、こんどは木《き》登《のぼ》りなの。木《き》登《のぼ》りも禁《きん》止《し》よ。児《じ》童《どう》会《かい》規《き》則《そく》、ええと、第何条だったたっけ……」

「ちがうってば！　登《のぼ》ろうとしたらな、カラスがカアカア、大声で鳴きだしたん」

校《こう》庭《てい》のはしのいちょうには、たしかにたくさんハシブトガラスがいるのです。

「あんまりうるさく鳴くもんだから、ボクな、カラスの鳴きまねしたん」

「どういうふうに？」

「カアカア。うるせえ、しずかにしろ。カワー、カワー。だまれ、アホウ。カッカッカッ、カワー、アホーッて」

「タカシ、おめぇ、うまいねぇ。カラスにそっくりだ。おめぇカラスになれ」

と、ハジメがすっかりよろこんじゃって、そそのかしましたが、タカシは笑《わら》いもせず、また、おこったりもしませんでした。

「あそこにいるのはハシブトガラスだよ。くちばしが太い種類《しゅるい》さ」

と、ボクはいちおう注意《ちゅうい》しました。

「そしたらその、ハ、ハシブトガラスがおりてきてな、ボクの頭をつっついたん」

「それだけのことで？」

「いいや、いちょうの幹《みき》を、棒《ぼう》でぶったたいてやったん」

ボクたちは、大声をあげて笑《わら》ってしまいました。でも笑《わら》いおわると、タカシがどうしてハシブトガラスに頭をつつかれたのか、そのわけがまったくわかっていないことに、気がつきました。

タカシはまた、こんなこともいいだしました。

なぞの鳴き声

「学校が休みだったろ。そいで、校庭《こうてい》には子どもがすこしはいたけどな、すこししかいなかった。もう夕方だったな。川をわたってな、あっち側《がわ》の森みたいなとこへいってみたいと、ずっと思ってたん。カラスがいるのは知ってはいたけどな、いままで、なんとも思っていなかったん」

授業《じゅぎょう》中には下ばかりむいて、ちっともハキハキしない六藤《むとう》くんが、わたしに話しかけてくれたのはこれがはじめて。人はこんなふうに話せるものなんだ、と、わたしはなにか、大発見《だいはっけん》でもしたような気持《きも》ちで聞いていたわ。

「カラスにな、うん、その、ハシブトガラスにつつかれてな、痛《いた》かったし、もういやになったし、帰ろうと思ったたん。そしたらな、木の上のほうか、川のむこうか、それとも校舎《こうしゃ》のほうか、どこからかわからないんだけどな、べつの鳴き声が聞こえたたん」

「ハシブトガラスじゃなくって?」

「ハシブトガラスじゃなくってな」

この日の事件《じけん》は、タカシがハシブトガラスに頭をつつかれた話をしにきたことだけではなく、タカシがつつかれたあとに聞いたという、なぞの鳴き声でもありました。タカシは夢《ゆめ》を見る人のように、話しつづけました。

ハジメ、新記録《しんきろく》を達成《たっせい》する

「ボクな、たしかに聞いたたん。そのときな、ハシブトガラスは鳴いてなかったたん。ボクな、そこを逃《に》げだして、校庭《こうてい》をななめにつっ切って走ったん。そしたらな、どこからともなく、うん、大きい声だったたな。ヒヨー、ヒヨーって、なんだか悲《かな》しい声だったたな。いい声なんだけど、はらわたがふるえるみたいな、はらわたがぶるぶる、ふるえだしそうなさみしい声がな、校庭《こうてい》じゅうというか、空いっぱいっていうかな……逃《に》げても逃《に》げても追《お》っかけてくるみたいな声に聞こえたん……」

タカシのやつは、ハシブトガラスにつつかれたことより、夕方の校庭《こうてい》を家のほうへつっ走りながら、からだ全体《ぜんたい》で聞いたふしぎな鳴き声のことを、オレたちに話したかったんだ。そりゃ、もう、まちがいねえと思うよ。

気がつくと、ニワトリのえさやりを終《お》えた飼育係《しいくがかり》や、昇降口《しょうこうぐち》のほうに出ていた掃除《そうじ》当番のやつらもいつのまにかもどってきて、オレたちをとりまき、タカシの話に耳をかたむけていたんだ。

鳥博士《はかせ》のアキラは、タカシの話をだまって注意深《ちゅういぶか》く聞きながら、その鳴き声の主《ぬし》がいったいどんな鳥なのか、やつの頭の中にしまってある鳥の図鑑《ずかん》で、いっしょうけんめいさぐりあてようとしているみたいだった。

だけど、さすがのアキラも、タカシのいう「ヒヨー、ヒヨー」がなんという鳥かを、その場でいうことはできなかった。

やがて田村がきて、用がないならもう帰れというので（いや、田村先生は、「ご用がすんだら、おうちにお帰りなさいね」とおっしゃられたのだが……）、ミカがタカシの話を要約《ようやく》して報告《ほうこく》した。すると、田村先生は、

「タカシくん、傷《きず》、だいじょぶ？　みんな、いちょうの木に近づかないでね。気持《きも》ちのわるい鳴き声、いやあねえ。係《かかり》と当番、ご苦労《くろう》さま。きょうの新聞、よかったわよお」

と、必要《ひつよう》なことをぜんぶ、ぬかりなくおっしゃいましたので、オレはびっくりして、こしがぬけそうになりました。

それからオレたちは、げんかんのほうには出ず、やっぱり校庭《こうてい》のはしっこのいちょうの木を取材《しゅざい》してから、家にもどることにした。タカシは顔色を変《か》えていやがったけど、本人ぬきでは取材《しゅざい》の迫力《はくりょく》がなくなるし、なぞが目の前にあらわれたからには、オレたち新聞係《しんぶんがかり》が中心になって、そいつを力ずくでも解決《かいけつ》しなくては、ワルガキの名がすたれる。

一行には飼育係《しいくがかり》と、掃除《そうじ》当番のやつらもまざったから、なかなかにぎやかな顔ぶれで、これならカラスのカア公にも、まずまずひけをとるまいと思った。

「しずかに、だまって接近《せっきん》しようぜ」

と、アキラは自分から模範《もはん》を示《しめ》すように、校庭《こうてい》に出る前からささやき声でみんなにいった。だがよ、五年三組のおしゃべりテレビ、三日美人《みっかびじん》の星雲ミカがオレたちのリーダーときちゃ、お葬式《そうしき》みたいなふんいきを出すのは、もともとむりというもんだろ。

「しずかでにぎやかな」一行が到着《とうちゃく》したあと、いちょうのこずえのカラスたちは、黒いかげのようなからだから、からすてんぐのくちばしをのぞかせるばかりなのさ。カアとも鳴かなきゃ、つつきにもこない。

ところがアキラは、のろまのように見えても、じつはなかなか用意《ようい》がいい。かばんから、双眼鏡《そうがんきょう》が音もなく出てきたところを見ると、やつは毎日、学校にそいつをもってきていたんだろうか。あらためてふしぎな子だと思う。

双眼鏡《そうがんきょう》のピントをあわせながら、いちょうのこずえを一心にながめているアキラのうしろ姿《すがた》は、背《せ》はちっこいがいっぱしだよ。ひとかどの男

じゃねえか！

「アノネ、あったよ。カラスの巣《す》が。ひなを育《そだ》ててるのだと思うよ」

アキラは発見《はっけん》のよろこびで感激《かんげき》してるくせに、自分の興奮《こうふん》を人に知られまいとするかのように、声をおし殺《ころ》している。

おかげで、オレはカラスのカア公のでっかい巣《す》のはじっこを、とうとうこの目で、見ちまったのさ。見上げてるオレたちに、カラスのひなまでは見えはしねえよ。だけどだけど、カラスの巣《す》ってやつ、木の枝《えだ》を集《あつ》めて組みあわせただけの、がさがさしたものだというけど、ひながすわってる巣《す》の中は、けっこうふかふか、やわらかいふとんがしいてあったりして。いやこれはオレの空想《くうそう》さ。巣《す》の中にいるのは、まだ卵《たまご》なのかな。卵《たまご》だったら、いるのかな、あるのかな。

タカシがカラスにつつかれたのは、カラスの子育《こそだ》てと関係《かんけい》があるのじゃねえか、と、オレの心にそんな考えがうかんだ。下でさわいでいる人間がいて、そいつがひとりだったものだから、母親のカラスか、父親のカラスが、ひな鳥を守《まも》るために攻撃《こうげき》をかけたのじゃねえのかな。規則《きそく》を破《やぶ》るのだけが楽しみで、しかたがねえから退屈《たいくつ》な学校へきてやっていたワルガキのオレにしちゃ、グッドアイディアだと思わねえか？　だからオレは、アキラにいわれる前に、ちょっとこのしゃれたアイディアをしゃべってみたくて、

「ええとよ、わかったぜ、オレ」

と、いちばん近くにいたミカの背中《せなか》を軽《かる》くたたいた。たたいてしまって、オレは一瞬《いっしゅん》、ヤバイと思った。女の子の背中《せなか》に手をふれるなんて、糸尾《いとお》

ハジメらしくない、だらしねえ話だからさ。
ミカがふりむこうとしたとき、オレの耳になにかが聞こえた。

ヒヨー　ヒヨー

その鳴き声の悲《かな》しさに、オレは思わず耳をうたがい、それからぞくぞく身《み》ぶるいした。
なぜだかわからねえ。
悲《かな》しいというのでもねえのかもしれねえ。
神秘的《しんぴてき》、というほうがあたっている。
野生の呼《よ》び声、というほうがもっと近いようにも思える。

ミカもこの声を聞いていた。

オレが背中《せなか》をたたいたので、ミカはオレのほうをふりかえったのにちがいない。けれどもミカは、「なに、ハジメ？」とはいわずに、

「鳴いたわね。聞こえた？」

と、はずんだ声でオレにいい、まっすぐにオレの目を見た。オレはもう、前のようにうろたえたりしなかった。ミカの目が、海みたいに澄《す》んでいるのが、オレにはわかった。

ヒヨー、ヒヨー、と鳥はまた鳴いた。

そこには十数人の仲間《なかま》がいたはずだが、みんなこの鳴き声に気がついた。

タカシはうなずいた。息《いき》がはずんでいるのが、オレたちにもつたわっ

てきた。

「この声だよ、たしかに」

タカシはほっとしたように、ひとことこうつぶやいた。

「トラツグミだよ！　自然《しぜん》がとてもゆたかなとこの鳥だよ。どうして学校にきたんだろ」

と、アキラが興奮気味《こうふんぎみ》に、かすれた声でいった。

だけど……。

どこから声が聞こえてくるのか、さっぱり方角がつかめないんだ。

近いところで鳴いていることだけは、まちがいない。

「いちょうの木の上にいるのだろ」

と、掃除《そうじ》当番のひとりがいった。

「川のむこうから聞こえてくるみたい」

と、飼育係《しいくがかり》のひとりがいった。

夕ぐれの中で、トラツグミの声はくりかえし聞こえた。けれども、鳥がどこにいるのか、鳥博士《はかせ》のアキラにもわからなかった。

いっきに八枚《はちまい》も書くのは、オレの新記録《しんきろく》だぜ。

校長先生にも教えたげる

それから三日のあいだ、村田第三小の校庭《こうてい》に、トラツグミの声がひびきました。田村先生も、校長先生も、その声に気がつきました。校長先生はボクを校長室によんで、トラツグミとはどんな鳥か、ボクにしゃべれとおっしゃいました。それで、ボクは次《つぎ》のようなことを、校長先生に教えてあげました。人に教えるのですから、ボクはまだ子どもですが、先生のしゃべりかたのようにしてやってみました。

「えーっと、トラツグミはですね、林や森の中にいて、夕がたや夜、笛《ふえ》のような、叫《さけ》び声のような、ふしぎな声で鳴く鳥です。黄色っぽいからだに、黒いまだらもようがあって、インドのトラに似《に》ているツグミ類《るい》なのです（フムフム、と校長先生がうなずく）。親鳥は、ミミズとりの名人です。ミミズですよ。わかりますか。落《お》ち葉《ば》の中に、くちばしをつっこんで、とてもじょうずにミミズをさがします。さがしたミミズを、くちばしにいっぱいぶらさげて、ひな鳥のいる巣《す》にいそいで運《はこ》びます。ミミズは食べられるのがいやですから、ぷるぷるとからだをよじって逃《に》げようとしますが、くちばしでしっかりつかまれて、逃《に》げられません。巣《す》に着《つ》くと、待《ま》っていたひなはもう大よろこびで、かわいい口を思いきり開《あ》け、「おかあさん、ミミズ！」とおねだりします（なあるほど、と校長先生があいづちをうつ）。トラツグミの巣《す》は、木の枝《えだ》を組みあわせて作られますが、そこにやわらかいこけがしいてあるので、ふとんのようにふかふかしていて快適《かいてき》です。校長先生、わかりましたか」

「なるほど、なるほど。よくわかりましたよ。すばらしいねえ。こけをつかって巣《す》をいごこちよくするなんて」

と、校長先生は、長くのびた鼻髭《はなひげ》を手でさすりながら、おっしゃいました。

トラツグミは、学校のどこかにいて、鳴いているのだろうとボクは思いましたが、どこにいるのかは、とうとうだれにもわかりませんでした。

そうして、四日めには、鳴き声が聞こえなくなってしまいました。

姿《すがた》も見ていないのに、声だけでボクがトラツグミだとわかったのは、去年《きょねん》の家族旅行《かぞくりょこう》のとき、甲斐大泉《かいおおいずみ》の、信玄棒道《しんげんぼうみち》というハイキングコースで、声と姿《すがた》を知るチャンスがあったからです。泊《と》まった民宿《みんしゅく》のオジサンがとても野鳥にくわしくて、ボクたちを山に案内《あんない》してくださり、信玄棒《しんげんぼう》道《みち》も知ったのです。むかし武田信玄《たけだしんげん》というさむらいの親分がいて、いくさのとき通った、まっすぐな道なのだそうです。

アキラの推理《すいり》

　トラツグミが鳴かなくなって三日後の朝でした。トラツグミの鳴き声は、わたしの心の中で、もちろんひびいてはいました。けれどもわたしは学級《がっきゅう》委員《いいん》だし、組のことをいろいろと考えなければならないので、いそがしさにとりまぎれて、トラツグミ事件《じけん》は心のすみにしまわれていたのです。

　ところがその日の朝、わたしが登校《とうこう》して教室にはいると、豆記者《まめきしゃ》ふたりとタカシが、もう先にきていて、わたしの顔を見るなり、三人が口ぐちにわたしに話しかけてきたのです。

「たいへん、トラツグミ事件《じけん》。あのな、死《し》んだ。今朝よ」

いったいなんのことだかわかりません。

「なによ、コーフンして。聞き取《と》れないから、順番《じゅんばん》に話してちょうだい。じゃ、タカシくん」

と、わたしは交通整理《こうつうせいり》のオマワリサンになった気分でいいました。するとタカシは、

「トラツグミがな、死《し》んだん。いちょうの木の下に落《お》ちてたん」

と、葉《は》っぱのようなあおい顔でいうのです。

わたしはびっくりして、声も出ませんでしたが、つづいてアキラが口を切りました。

「見つけたのはタカシだよ。タカシはあれから、ずっとトラツグミをさがしていたんだ」

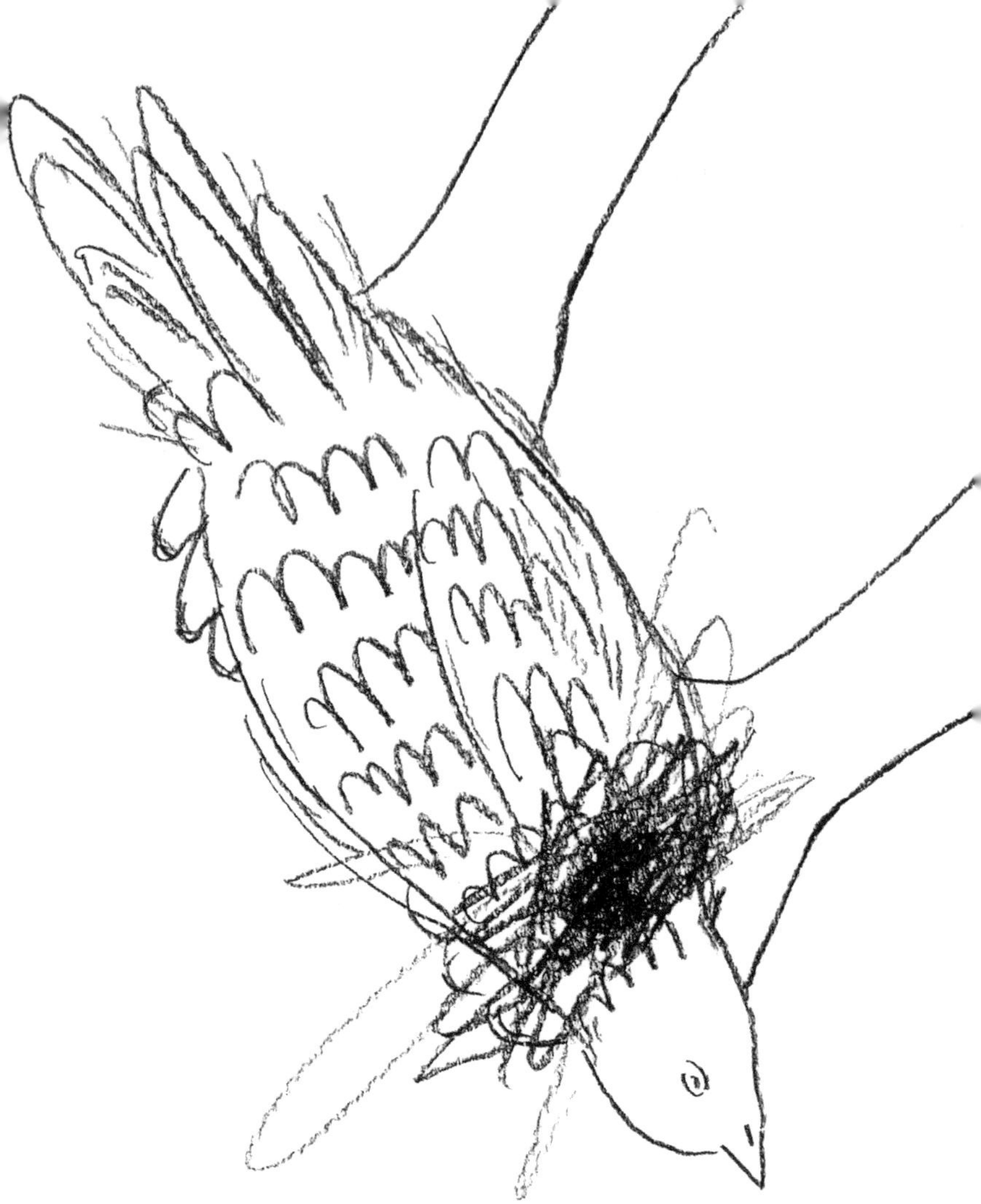

「でもな、ひろったときはな、トラツグミだとはわからなかったたん。いま西条《さいじょう》くんに見てもらって、わかったたん。首のところにな、けがしてる」

タカシがせきこむようにあとをつづけました。ハジメは、きゅうにだまってしまい、先生の教卓《きょうたく》の上におかれていた羽毛のかたまりを、そっと両手《りょうて》でつつむようにもちあげ、それを見つめるのでした。

しぶい色の黄に、黒を散《ち》らしたまだらもようは、インドのトラに似《に》ていなくもありません。ハジメのてのひらの中にいる鳥は、ねむったようにしずかにじっとしているのでした。

わたしは知りませんでしたが、アキラも、ハジメも、タカシも、お昼休みに学校じゅうを歩きまわって、どこかにトラツグミがいはしないかと、ずっとさがしていたのだそうです。

「ミカがいっしょだと、あいつはどこででもキンキンさわぐから」

これは口のわるいハジメのせりふです。三人の男の子は、トラツグミさがしで結束《けっそく》しただけでなく、編集長《へんしゅうちょう》のわたしを、こんどはまぜてくれなかったのです。失礼《しつれい》よ！

トラツグミの声が聞こえなくなった日、わたしはこの鳥がどこかの森をめざして、とんでいったのだろうと思いました。トラツグミの大好物《だいこうぶつ》がミミズさんなのだとしたら、ふみかためられた学校の校庭《こうてい》で、餌《えさ》をさがすわけにはいかないでしょう。

でも、三人の男の子がけんめいにトラツグミさがしをつづけたのは、いったいなぜなのでしょう。わたしはその理由《りゆう》を知りたくなりました。

「鳥にはつばさがあるでしょう。トラツグミが鳴かなくなったとき、どこかへとんでいったのだと思って、わたしはむしろ安心《あんしん》したのよ」

それに対《たい》するアキラの答えは、思いがけないものでした。

「元気なトラツグミが、どこかへいく途中《とちゅう》、ボクらの学校でひと休みしたとするね。いや、ひょっとしたら、川のむこうの森に寄《よ》り道しようとしたのかもしれないけどさ。でも鳴き声は、何日も、まるですぐそばで鳴いているように聞こえたじゃないか」

「だけど、羽のある鳥が、餌《えさ》もない学校にどうして三日もいて、ヒヨー、ヒヨーと鳴いたんだい。どうしてすぐに、ミミズのいっぱいいそうなもっといいところへ、とんでいかなかったのかね」

わたしは思わず、あっと叫《さけ》び声を出しそうになりました。アキラはやっぱり、さえている！　わたしにはとても思いつかない、するどい推理《すいり》です。

「トラツグミはからだが弱っていたんだ。どこかへいく途中《とちゅう》、苦《くる》しくて、がまんができなくて、ひと休みしたところが、村田第三小だったんだよ、きっと」

「と、アキラは考えたのさ。それでオレたちは、いそいでトラツグミをさがし出さなければならないと思ったんだ」

ハジメは動《うご》かない鳥から目をはなし、わたしの顔を正面《しょうめん》から見てこういいました。わたしはこのとき、ハジメという男の子も、ちょっぴりだけどカッコいい、と思ってしまったのでした。

ここまで書けば、もう、みなさんにはおわかりでしょう。トラツグミが三日も学校で鳴きつづけたのは、この美《うつく》しい野鳥が、なにか生命《せいめい》の危《き》険《けん》を感《かん》じて、助《たす》けをもとめていたのかもしれないのです。いえ、きっとそうなのだわ。

そのことの証《しょう》拠《こ》が、トラツグミの死《し》ではないでしょうか。

「わかったわ。トラツグミがいたのは、やっぱり、いちょうの木だったのね。それでタカシがつつかれたように、カラスにつつかれて地《ち》球《きゅう》に落《お》ちたってわけ？　でしょ、でしょ、でしょ？」

自《し》然《ぜん》界《かい》か！

星雲ミカって子は、ありゃぁ異《い》星《せい》人《じん》だよ。

トラツグミが死《し》んで、オレたちワルガキがちっとばかりおろおろしてるのに、あの子ときたら、鳥が「地球《ちきゅう》に落《お》ちた」だの、「でしょ、でしょ、でしょ」だのと、ふんいきをまるで陽気《ようき》にしちゃうんだ。明《あか》るいよ、あの子は。

カラスのしわざでトラツグミが落《お》ちた、とオレもタカシも考えたのさ。しかし、アキラは首をたてにはふらないんだ。

「カラスにやられたのかもしれない。でも、カラスにやられたのじゃ、ないのかもしれない。だれもカラスがつついているところを、見ていないんだから。人間にはわからないいちっちゃななぞや、おっきいなぞが、自然界《しぜんかい》にはいくらでもあるんだぜ」

自然界《しぜんかい》か！　こんな字、オレとしちゃ、はじめて書くね。アキラの受《う》け売りだけど。

なるほどオレたちは、カラスがトラツグミをつっつくとこを、見ていない。トラツグミの首の傷《きず》と、生きてるカラスのくちばしと、くっつけあわせて見るわけにもいかないし。

タカシがカラスにつっつかれたのは、これはほんとうだがよ。

剥製《はくせい》を作ろうよ

この日の学級会《がっきゅうかい》で、死《し》んでつめたくなったトラツグミの、お墓《はか》を作ろうということがきまりました。

でもボクは、ただお墓《はか》を作るのではなく、お墓《はか》はお墓《はか》として作って、トラツグミ自身《じしん》は、剥製《はくせい》の標本《ひょうほん》にしましょう、といいました。たいていの人は、ボクの意見《いけん》に反対《はんたい》で、それではお墓《はか》にいれるものがなくなる、という人もいました。

でもボクは、お墓《はか》には、しっぽの羽を一枚《いちまい》いれるとか、それよりもいいのは、なにもいれないお墓《はか》にすることだ、と主張《しゅちょう》しました。

剥製《はくせい》にしておけば、ボクたちがこの学校を卒業《そつぎょう》してしまったあとも、たくさんの生徒《せいと》や先生が、村田第三小にきたトラツグミを見ることができるし、トラツグミという鳥が、どんな姿《すがた》をしているのかがわかると思うからです。

お墓《はか》の中にはなんにもはいっていなくても、トラツグミが死《し》んで、かわいそうだったという気《き》持《も》ちを、いつまでもだいじにすればよいのだと思います。

田村先生は、鳥を剥製《はくせい》にするには、とても費用《ひよう》がかかるので、校長先生に相談《そうだん》してみなければならない、とおっしゃいました。

でもボクは、とても費用《ひよう》がかかるような作りかたではなく、先生と生《せい》徒《と》が力をあわせ、剥製《はくせい》の作りかたも専門《せんもん》の人に教わって、お金をかけずに作ったらよいと思います。

それから学級会《がっきゅうかい》では、いちょうの木にいるカラスのことも、問題《もんだい》になりました。カラスがもしかしたら子どもを育《そだ》てているかもしれないので、みんな、じゃまをしておこらせないようにしよう、ときまりました。

さよなら三角

なぜだかいそがしい学校の一日が終《お》わって、学級《がっきゅう》委員《いいん》であることもわすれ、スキップして校門を出ると、わたしの頭の中で、トラツグミが鳴いたわ。ヒヨー、ヒヨーと。そのとたん、

「ミカ、さいなら！」

と、アキラがいう。

「じゃあな、三日美人《みっかびじん》！」

と、ハジメがいう。

このふたりの家は、わたしとは反対方向《はんたいほうこう》だから、校門のところで手をふってわかれる。

「星雲ミカ、いっしょに帰ってやろうか」

と、タカシが近づいてきたのは、あの事件《じけん》以来《いらい》のことね。

「けっこうよ。わたしは弱虫じゃありません」

するとタカシが、へーん、かってにしろ、という目つきをして、

「さよなら三角、ミカの目、四角」

などといってべろを出す。それでわたしは、

「六藤《むとう》タカシ、あっちの道にカラスがいるからね。いっしょに帰ったげる！」

といって、男の子に接近《せっきん》する。

「だれがオマエなんかと……」

タカシはおおげさにわたしをよけ、それからわたしのほうによってくる。

「あのな、ボクもな、記者《きしゃ》になりたいん」

「これできまりだ」

と、わたしはいった。

学級会《がっきゅうかい》で採決《さいけつ》しなくちゃいけなかったかしら。わたしが編集長《へんしゅうちょう》どのに就任《しゅうにん》したのは、たしか五年三組の学級会《がっきゅうかい》のてつづきぬきだった、と思いあたる。

「星雲ミカは、ほんとうに鳥がすきなんだな」

肩《かた》をならべて歩くうちに、タカシがぼそりとわたしにいう。

「だいすきになっ、たの、。タカシくんは？」

「ボクもな、鳥がすきになったん。いつかのカラス、ゆるしたげちゃう！」

西条《さいじょう》アキラの影響力《えいきょうりょく》って、やっぱりスゴイ。

でもアキラだけだったら？　アキラはひとりで遠出をし、鳥を見て満《まん》足《ぞく》してたんだ。教室の中では小さくなって……。そのアキラの力を引きだしたのは、規則破《きそくやぶ》りの、いけないことばばっかりつかう、ワルガキ代《だい》表選手《ひょうせんしゅ》のハジメだった。

そういうわたしだって……。

白状《はくじょう》しちゃえば、わたしもこんなにいっぱい、思ってることを文に書くのは、生まれてはじめてなの。鳥もステキだけど、作文を書くのもすきという女の子に、わたし、変身《へんしん》したのかな。

「こんどはほんとに、さいなら」

といって、六藤《むとう》タカシが走って角を曲《ま》がっていった。男の子といっしょに下校するのって、なんだかとってもおもしろーい、と編集長《へんしゅうちょう》のわたしはふと思った。

鳥へっぽこ新聞　第二号《だいにごう》

あのな、ぼくな、六藤《むとう》タカシなん。今度《こんど》、学級《がっきゅう》新聞の記者《きしゃ》になったん。七月始《はじ》めに出した第二号《だいにごう》にはな、ぼくも記事《きじ》を書いたん。第二号《だいにごう》のメイン記事《きじ》はトラツグミのことな。あの死《し》んだトラツグミは、村田第三小の近くに専門家《せんもんか》がいて、剥製《はくせい》にできることになったん。それからな、ぼくがカラスにつつかれたこと。これはぼくが書いたん。あとは、新聞係《しんぶんがかり》で集《あつ》めた鳥の鳴き声の聞きなし。

聞きなしは特《とく》に評判《ひょうばん》で、組中で「ジクテチビクテチ　ギュイーン」などの声が、鳴り響《ひび》いたん。みんな鳥になった気分だったな。

ミカの反乱《はんらん》

七月中旬《ちゅうじゅん》の金曜日、アンドロメダ大星雲が、教室でひとあばれしちまったんだ。こればかりはオレたちも、予想外《よそうがい》のできごとだったから、いささかひるんだよ。だがね、どんなにしゃらくさい女でも、いちおうはオレたちの編集長《へんしゅうちょう》だよ、ミカブスは。だから、オレはこれから二学《にがっ》期《き》にかけて、オレたちの三日美人《みっかびじん》をめぐり、くだらないうわさや誤解《ごかい》が生じないように、ひとことここに書いておく必要《ひつよう》を感《かん》じたのさ。

かんたんに要約《ようやく》すると、帰りの学級会《がっきゅうかい》で、星雲ミカは学級委員《がっきゅういいん》をやめたいとごねたのだ。その日はオレが日直《にっちょく》で議長《ぎちょう》だったから、ちゃんととりあげて、議題《ぎだい》にしようとしたのさ。そしたら田村のやつが、一学期《いちがっき》は残《のこ》りわずかなのだから、学級委員《がっきゅういいん》をやめることは、認《みと》めませんというんだ。

選挙《せんきょ》でおしつけた学級委員《がっきゅういいん》だから、本人がやめたいといい出しゃ、クラスにはかるのが民主主義《みんしゅしゅぎ》だろ。

それにオレは、クラスに事件《じけん》が発生《はっせい》するのや、波風《なみかぜ》とか、ヒステリーとかを見物《けんぶつ》するのは、きらいなほうじゃない。だから担任《たんにん》の言い分にさからって、

「先生は認《みと》めませんというけれど、みんなはどうなのか、討論《とうろん》します」

と宣言《せんげん》した。そしたらよ、こしぬけどもが！　五年三組のイイコちゃん

たちは、口ぐちに、

「あと、もう少しなのだから」

と、ピーチクパーチクぬかすじゃねえか。討論《とうろん》にもヘチマにも、なりゃしねえのさ。

星雲ミカの大あばれは、このときおこったよ。ミカブスはふたたび立ちあがり、なにを思ったか、上ばきをお上品にひょいとぬぎ、スカートをひらめかせて、つくえの上にとびのったんだ。

「いくわよっ。そこ、のいてちょうだい」

おおい。このセリフ、わすれられないよ。ミカはそうさけぶなり、人のつくえの上をズカズカふんで、いちばん前の窓側《まどがわ》にある、アキラのつくえの上まで進《すす》んだよ。アキラの前には、田村のお嬢《じょう》が、ねこみたいに目

をまるくしているのさ。

「センセ。わたし、これで学級委員《がっきゅういいん》の資格《しかく》、なくなりましたね。第《だい》九条《きゅうじょう》、ガッキュウイインハ、ジドウノモハントナリ……でしょ、でしょ、でしょっ」

「星雲ミカ、おりなさい。いったいなんてことを……」

「あのね、センセ。わたし、わかったの、近ごろ。鳥さん見たり、新聞作ったりしてみて、優等生《ゆうとうせい》ごっこより、もっと有意義《ゆういぎ》に生きなくちゃ、うそだと思ったの。それでわたし、きょうから優等生《ゆうとうせい》ごっこ、やめにしますからね」

「トモカクおりなさい。あなたのような子が……」

「突然《とつぜん》おかしくなったってわけ？　そうかもしれないわね」

星雲ミカは、アキラのつくえからひょいととびおりると、みんなのほうをふりかえって、

「ミカはね、ミカはね、もう学級委員《がっきゅういいん》ではありません」

といったまま、教室の戸をがらりと開《あ》けて、ひとりですたすた出ていってしまったのさ。

ふふ。やっぱりあいつは、異星人《いせいじん》だったよ。

いままでがイイコちゃんすぎたんだ。

ミカブスはなにも、気がおかしくなったわけじゃねえ。

優等生《ゆうとうせい》ごっこにも、ちょっとくたびれただけなんだ。まともだよ、な。

優等生《ゆうとうせい》の役《やく》を、いつも演《えん》じていなけりゃならねえやつが、学校じゅう、どの組にもいるだろ。疲《つか》れるだろうなあ。

オレは以前《いぜん》とすこしも変《か》わらないつもりなのに、最近《さいきん》田村が「糸尾《いとお》ハジメ。いい子になったわよう。優等生《ゆうとうせい》まであと三歩」なんて、目を細めて近寄《ちかよ》ってくる、あの気色《きしょく》のわるさったらない。ワルガキのプライドが傷《きず》つくし、きらいだ。

異星人《いせいじん》の星雲ミカが、地球人《ちきゅうじん》のワルガキに、変身《へんしん》できるとは思わない。それに、あの子の〈つくえわたり〉は、下品《げひん》で似《に》あわなかった。オレたちの編集長《へんしゅうちょう》のイメージがだいなしだよ。オレ自身《じしん》がたびたびやってきたことを、目の前で劇《げき》みたいに見せつけられて、オレの顔からは火が出そうだった。

オレはなんだか、とても悲《かな》しい気もしたのさ。ミカにはいつまでも優《ゆう》等生《とうせい》でいてほしい気もした。複雑《ふくざつ》な心境《しんきょう》だよ。

廊下《ろうか》へ逃《に》げだした星雲ミカを、田村はあわてて追《お》いかけようとしたのだが、役者《やくしゃ》はどうやら、ミカのほうが一枚上手《いちまいうわて》だった。

キュルキュル　ジュリジュリ
チュルチュル　ジュリージュリー

お嬢《じょう》さまのえんま帳《ちょう》

プロローグ

えっと、親愛《しんあい》なる読者《どくしゃ》のみなさん、ね、ね、ね、元気？　第一話の最後《さいご》で、私《わたし》は学級《がっきゅう》委員《いいん》を辞《や》めようとしました。でも、あの後、田村先生に「イイコでなくていいから、もう少し学級《がっきゅう》委員《いいん》を続《つづ》けなさい」と、長時間説得《せっとく》されて、やめることは取《と》り消《け》しになりました。かなり残念《ざんねん》でしたけど。

さて今日は、わたしたちの担任《たんにん》のお嬢《じょう》さま先生、つまり田村新卒女史《しんそつじょし》のことを、お話ししましょうね。

すごいのよォ、田村センセったら。何がって、先生の「えんま帳《ちょう》」。それがね、特大《とくだい》なんだ。大学ノートってあるじゃない？　あれよりずっと大きくて、厚《あつ》ぼったいんだから。

どんなのかというと、まあスケッチブックのようなもので、クロッキー画帳《がちょう》というのだそうですが、画用紙よりずっとうすい紙がぎっしりなの。田村先生は、美術《びじゅつ》大学の出身《しゅっしん》だから、好《す》きな絵を描《か》くために、いつでもそれを持《も》ち歩いていらっしゃるのかなって、思っていたの。ところが先生は、ある朝、クラスのみんなに、ご自慢《じまん》のクロッキー画帳《がちょう》をガバッと開《ひら》いて中をお見せになり、おっしゃったの。

「おはよう、みんな。アタシのえんま帳《ちょう》、見せたげる。これはクロッキー画帳《がちょう》なの。見開《みひら》き第一ページ、キミたちの似顔絵《にがおえ》まんががぎっしりよ。アオノ、イトオ、ウエダ、エトウ……」

先生は暗記《あんき》で出席簿順《しゅっせきぼじゅん》にわたしたちの名前をいい、それからぐるっと教室を見まわして、「欠席《けっせき》なしね。それでは……」

「ちょっと待《ま》ってよ、センセ」

サッソク注文《ちゅうもん》をつけたのは、例《れい》によって、鳥へっぽこ新聞の主筆記者《しゅひっきしゃ》、糸尾《いとお》ハジメだった。

「えんま帳《ちょう》って、なんだい」

「だれに話しかけているの、イトオ」

と、田村先生は糸尾《いとお》をメッとこわい顔でにらんで、やさしく、そう、途《と》方《ほう》もなくやさしい声で、ハジメの言葉《ことば》づかいをたしなめたの。村田第三

小のワルガキ代表《だいひょう》糸尾《いとお》ハジメが、「けっ。どうせオレは」なんて小声で照《て》れかくしをいってから、

「えんま帳《ちょう》の、定義《ていぎ》を聞かせてください。ついでに、クロッキー画帳《がちょう》は、ボクシングのグロッキーと、関係《かんけい》があるのですか、センセ」

と、まずまずの言葉《ことば》づかいでいいなおしたのです。

すると教室のあちこちから、別《べつ》の声があがったの。

「イトオくん、むずかしい言葉《ことば》を使《つか》わないでください」

「テイギッて、なんですかぁ」

ふふ、おかしい。ハジメはなにしろ、ワルガキはワルガキでも、今や人のいやがることをなんにもしない「本物《ほんもの》のワルガキ」で、しかも名誉《めいよ》ある主筆記者《しゅひっきしゃ》さんですからね。国語の教科書に出てこないコトバをじゃ

教場手帳
CROQUIS

んじゃん使《つか》って、ケロリとしたものなのだ。だけどすぐにお里《さと》が知れて、「ウルセエゾ。テイギっつうのはな、そのものがどんなものか、またはそのことがどんなことかを、言葉《ことば》できちんと説明《せつめい》することだ。ガイネンキテイ（概念規定《がいねんきてい》）と、いってもいいんだがよ。これ以上《いじょう》は辞書《じしょ》をひけ、てめえら」

「なんていいかたですか、イトオ！　こんどは先生がしゃべる番よ。質問《しつもん》に答えます。第一問《だいいちもん》のお答え。えんま帳《ちょう》は、正式《せいしき》には教務手帳《きょうむてちょう》といって、キミたちの成績《せいせき》、素行《そこう》などを記録《きろく》しておくものです。第二問《だいにもん》のお答え。クロッキーはフランス語で、スケッチとか、下描《したが》き、略画《りゃくが》という意《い》味《み》よ。グロッキーは、正しくはグロッギー。よろよろの、ふらふらのことね。じゃ、国語の教科書を開《ひら》いてっ」

田村先生は、なんだか本当に怒《おこ》ってしまわれたようでした。でも、イトオの半分ふざけたみたいな質問《しつもん》を、はぐらかしませんでした。それはイトオが、半分ふざけているように見えても、本人はけっこうまじめなつもりなのが、先生にはわかっているからでしょう。

田村先生のえんま帳《ちょう》に、児童《じどう》の似顔絵《にがおえ》まんがが描《か》いてあるという話は、父兄のあいだにも広まって、夕日新聞の地方版《ちほうばん》に「匿名《とくめい》の一母親」からの投書《とうしょ》がのりました。

「（前略《ぜんりゃく》）近ごろの若《わか》い小学校教師《きょうし》の中には、教務手帳《きょうむてちょう》をふざけて使《つか》う人までいて驚《おどろ》かされる。専門《せんもん》の教務手帳《きょうむてちょう》をはやばやなくしてしまい、趣味《しゅみ》のスケッチブックをそれだと称《しょう》して、子どもたちにひけらかし、まんがを描《か》きなぐって自慢《じまん》する教師《きょうし》がいるそうだ。先生の質《しつ》の低下《ていか》は最近《さいきん》はじまったことではないが、この国の未来《みらい》がわたしは心配《しんぱい》になる（後《こう》略《りゃく》）」

わたしはふだん、大人むけの新聞をほとんど読みませんが、うちのパパ、作家の星雲太郎《たろう》が、この投書《とうしょ》を図書館《としょかん》で見つけたの。わたしは学校であったことを、かなりくわしくパパちゃんに話して聞かせるので、彼（パパ）は新聞を読み、「フフム」と思ったのだ。

まったく意外《いがい》だったのは、糸尾《いとお》ハジメが夕日新聞に、毎日目を通していたことでした。

夕日新聞の投書《とうしょ》を読んで、ハジメは次《つぎ》の日に、わたしのところへ来ました。

「ごよう、なに？」

と、わたしは負《ま》けまいとして、ハジメの顔をしっかりみつめました。するとハジメは、いつもは「オレノメヲミルナ」とかいうのですが、この日はとてもすなおに、

「田村のお嬢《じょう》のことをよ、投書《とうしょ》したやつがいる」

といって、新聞のコピーをわたしの方に突《つ》き出しました。

「知ってるわ。パパから聞いたよ」

「ヤバイよな」

「どうして？」

「だって誤《ご》解《かい》だろ」

「わたしもそう思う」

「新聞に出ると、うるせえぞ」

「あら、田村先生のことって、断《だん》定《てい》できないでしょ」

「フフン。そりゃそうだけどよ。だけど、学校中の父兄が、オレたちの田村センセと思うだろう。こういうことって、パアッと広がるよ」

「そうかも知れない」

「センセに知らせとこうよ。アイツは新聞、見てねえかも知れねえからさ」

プロローグのつづき

田村先生はやっぱし、新聞の投書《とうしょ》を見ていなかった。

星雲ミカとオレは、西条《さいじょう》アキラと六藤《むとう》タカシには声をかけず、放課後《ほうかご》ふたりだけで、職員室《しょくいんしつ》に行こうとする先生を廊下《ろうか》でつかまえた。といって、アキラとタカシをのけものにするという意味《いみ》じゃない。まずはオレ自身《じしん》、投書《とうしょ》に対《たい》するお嬢《じょう》さまの反応《はんのう》を、把握《はあく》しておきたかっただけなのだ。

「センセ、知ってるかよ」

「あら、何を？」

これだけのやりとりで、田村新卒女史《しんそつじょし》が、事態《じたい》をつかんでいないことは明らかだった。

「モチ、新聞の投書《とうしょ》だよ」

「イトオ、作文投書《とうしょ》したのぉ。で、のったのね。やるわねえ。アタシ四月に五年三組のみんなの顔をはじめて見たときから、イトオはきっといい子だって信《しん》じてたのぉ」

「誤解《ごかい》なんだよ。誤解《ごかい》ほど、おそろしいものはないんだよ、センセ」

と、オレはあとずさりながらいった。

「また聞きでセンセを誤解《ごかい》した人の、投書《とうしょ》らしいの」

と、ミカがいった。

田村はオレが手渡《てわた》した夕日新聞のコピーを、決《けっ》して小さいとはいえない声で読み上げてから、いった。

「はっきりとはいえないけど、アタシのことかもしれないわね」

「……だろう?」

「とても参考《さんこう》になる。ありがたいわ。投書《とうしょ》の主《ぬし》に、感謝《かんしゃ》しなくちゃ」

「マジにいってるのかよ、センセ」

「モチ、マジよ。アタシ、反省《はんせい》しなくちゃ」

「だけどよ、誤解《ごかい》だろう」

「アタシのことだとしたら誤解《ごかい》もあるわ。教務手帳《きょうむてちょう》をなくしてもいないし、ふざけて使《つか》ってもいないわ。でもね、イトオ、セイウン」

と、お嬢《じょう》さまはオレたちの目をかわりばんこに穴《あな》のあくほど見つめてから、いった。

「他人《たにん》は自分を写《うつ》す鏡《かがみ》ということ知ってる?」

なくなったえんま帳《ちょう》

七月二十日。アタシのクロッキー帳《ちょう》が紛失《ふんしつ》した。終業式《しゅうぎょうしき》が終《お》わって、児童《じどう》を家に帰したあと、五年生担任《たんにん》の先生たちといっしょに、反省会《はんせいかい》をかねて家庭科室《かていかしつ》で昼食を食べた。そのあいだのできごとだった。アタシが冗談《じょうだん》にえんま帳《ちょう》と呼《よ》んでいるクロッキー画帳《がちょう》が、すっぽり入る肩《かた》かけバッグ。それをアタシはどこに置《お》いただろう。子どもたちのいる教室に持《も》って行ったことまでは記憶《きおく》に確《たし》かだ。ふだんの習慣《しゅうかん》では、教室からもどると職員室《しょくいんしつ》のアタシの椅子《いす》の上に置《お》く。今日もきっとそうしたと思う。

お昼ご飯《はん》を食べ終《お》わらないうちに、ふたりの子が家庭科室《かていかしつ》にやって来た。スギタニミイコとツルミルミだ。

「センセ、校門の外にバッグが落《お》ちていました」

と、ルミがいった。走って来たのだろう、息《いき》がゼーゼーいっている。

「センセ。中がからっぽだったの」

と、ミイコが不審《ふしん》そうに首をかしげていった。

「届《とど》けてくれてアリガト。でも変《へん》ね、アタシのバッグがからっぽなんて」

「植《う》えこみの記念植樹《きねんしょくじゅ》の字を書いた棒《ぼう》に、ひっかけてあったよ」

「そうそう。さかさまにかぶせてあったの。ひまわりの刺繍《ししゅう》で、先生のだとすぐにわかった」

お手製《てせい》の麻《あさ》の頭陀袋《ずだぶくろ》で、ルミは刺繍《ししゅう》といったが、片面《かためん》いっぱいにほどこしたひまわりの絵はアップリケなのだ。反対側《はんたいがわ》にはチャックのポケットをつけて、財布《さいふ》や小物《こもの》を入れている。外からポケットにふれてみると、中身《なかみ》のたしかな手ごたえがあった。財布小物《さいふこもの》は無事《ぶじ》だった。

「犯人《はんにん》はセンセのえんま帳《ちょう》、ねらったんだと思うよ」

と、ツルミルミが目をくりくり回しながらいった。

「わたしたち、これから犯人《はんにん》さがし、始《はじ》めるんだ」

教室では目立たないスギタニが、威勢《いせい》のいいことをいう。彼女の愛読書《あいどくしょ》はシャーロック・ホームズ全集《ぜんしゅう》なのだ。盗難事件《とうなんじけん》の発見者《はっけんしゃ》として、探偵《たんてい》ごっこを開始《かいし》しかねない。

「キミたちの気持《きも》ちはうれしいけど、盗《ぬす》まれたかどうか、まだわからないわよ。すぐにおうちへお帰りなさい。一学期《いちがっき》が終《お》わった気のゆるみで、車にひかれないようにね」

「なぁんだ、ツマラナイ。でもこれ、事件《じけん》だよ、センセ」

と、ルミも早くも探偵《たんてい》の目つきでいう。

「えんま帳《ちょう》のことなら、とられて困《こま》るようなことは何ひとつ書いてないの。アタシがどこかに置《お》き忘《わす》れているのかもしれないし。心配《しんぱい》しないでまっすぐ下校《げこう》しなさいっ」

「ハーイ」

と、ふたりは不満《ふまん》げにいい、うらめしそうな上目《うわめ》づかいでアタシを見た。

「まっすぐ帰ると約束《やくそく》ね」

アタシは両手《りょうて》を使《つか》ってルミとミイコに指切《ゆびき》りを強《し》いた。

「まっすぐ帰ったら、校舎《こうしゃ》から出られませんからね」

「まっすぐ帰ったら、三つ角でお米屋《こめや》さんちへはいっちゃいますからね」

と、ふたりは口々に幼《おさな》いことをいい、それでもバイバイと手をふって行く。アタシは投《な》げキッスで探偵《たんてい》志望《しぼう》二人組を見送《みおく》る。説得《せっとく》はどうやら成《せい》功《こう》ね、とアタシは胸《むね》をなでおろす。

「田村先生、教務《きょうむ》手帳《てちょう》をなくされたんですか」

河原《かわはら》先生がななめに体をねじってふりむき、いつもの大声でいう。

「まだ、わかりません」

「先生のクラスの子たち、元気ですねえ」

と、学年主任《しゅにん》の浦島《うらしま》先生が眼鏡《めがね》を光らせていう。

「元気すぎます」

反省会《はんせいかい》が終《お》わって雑談《ざつだん》になったので、アタシは教室と職員室《しょくいんしつ》にクロッキー帳《ちょう》をさがしに行ったが、みつからなかった。二時間ほど、記念植樹《きねんしょくじゅ》のところを含《ふく》めて学校中さがしても、やはり出てこなかった。でもアタシのえんま帳《ちょう》は、子どもたちに見られても、だれも傷《きず》つくことがないように工夫《くふう》して書いてある。じたばたすることはない、とアタシはのんきにかまえることにした。

もどってきたえんま帳《ちょう》

七月二十一日。夏休みの初日《しょにち》だ。ゆうべ強い雷雨《らいう》があったけれど、それはほんの短《みじか》い時間のことで、朝から灼熱《しゃくねつ》の太陽《たいよう》が大地をぎらぎら焼《や》いている。

プール当番で定刻《ていこく》どおりに出勤《しゅっきん》する。アタシはかなづち同然《どうぜん》だから、プール指導《しどう》は頭が痛《いた》い。もののはずみで五メートルくらい泳《およ》いだのが、アタシの最長遊泳《さいちょうゆうえい》記録《きろく》なんだ。それを知った河原《かわはら》先生が、先週の今ごろ、放課後《ほうかご》に泳《およ》ぎを教えてあげましょうと、切り出してきた。

「ちゃんと泳《およ》げないで、よく小学校の教師《きょうし》になれましたね。先生の場合、美術《びじゅつ》の才能《さいのう》を買われたのかな」

学校に着《つ》いて、昨日《きのう》アタシの肩《かた》かけバッグがあったという、校門の外の植《う》えこみに目をやると、なんてことだ、記念植樹《きねんしょくじゅ》の標識《ひょうしき》の下にアタシのクロッキー画帳《がちょう》が立てかけてあった。「アタシも、ミイコとルミも標識《ひょうしき》の根元《ねもと》を見なかったのかな」とアタシは思い、首をかしげる。

プールの出席確認《しゅっせきかくにん》をしたあと、アタシは昨日《きのう》のふたり組に声をかけ、それを見せてやった。ふたりを安心《あんしん》させたかったのだ。

「キミたちがバッグをみつけてくれたところに、あったわよ。あるのに気がつかなかったかもね」

「センセ、ゆうべ雨が降《ふ》ったよね」

と、ミイコがいった。

「ええ、すごい夕立《ゆうだち》が来たわね。それがどうかしたかしら」

「センセのえんま帳《ちょう》、雨にぬれた形跡《けいせき》、ある？」

ケイセキだなんて、ミイコの言葉《ことば》づかいは相変《あいか》わらず探偵《たんてい》ごっこだ。

でもアタシのクロッキー帳《ちょう》は、そういわれて見ると、はげしいにわか雨に打《う》たれたとは思えない完全《かんぜん》な状態《じょうたい》だった。一度《いちど》ずぶぬれになったのだとしたら、朝の太陽《たいよう》に乾《かわ》かされても、こんなはずはない。アタシの心臓《しんぞう》が、どきりと鳴った。

「雨にはぬれなかったようね」

「ってことは、センセ。だれかが盗《ぬす》み出して、そうして一晩《ひとばん》たってから、こっそり返《かえ》してくれたのよ。何かあったな。これはやっぱり犯罪《はんざい》くさいわ」

ミイコはきのうよりいっそう確信《かくしん》に満《み》ちた声でいった。

「そんなふうに考えないでも、なくなったものがもどってきただけでアタシは十分《じゅうぶん》。さ、準備運動《じゅんびうんどう》がはじまるわ」

アタシはミイコの言葉《ことば》を切り返《かえ》しながらも、この子の推理力《すいりりょく》に舌《した》を巻《ま》

第四十七回卒業生

いた。でも、一晩《ひとばん》のえんま帳《ちょう》の紛失《ふんしつ》が事件《じけん》の始《はじ》まりであろうなどと、そのときアタシは少しも思わなかった。

朝の来訪者《らいほうしゃ》

七月二十二日。けたたましい電話のベルの音で目がさめた。時計を見ると、まだ六時。いつもの起床《きしょう》時間より三十分も早い。ねぼけまなこをこすりながら、とてもしぶしぶと受話器《じゅわき》を取《と》る。

「タムラヤスコ先生ですね」

「タムラです（……なによ、おはようの挨拶《あいさつ》も抜《ぬ》きで）」

「今、お宅《たく》の近くまで来ています。取材《しゅざい》に応《おう》じていただけますか」

少しかすれた男の声だ。いつかどこかで聞いたことのある声のような気もした。

「どなたさまですか」

「週刊《しゅうかん》ママゴンです」

「それがあなたのお名前ですか」

アタシは少し感情《かんじょう》を害《がい》していた。

「いえ、記者《きしゃ》です」

相手《あいて》は自分の名をいわない習慣《しゅうかん》なのだろうか。

「なんの取材《しゅざい》ですか」

「今日から開《ひら》かれる、田村先生の個展《こてん》の取材《しゅざい》です」

「アタシ、個展《こてん》なんていたしませんけど」

「ご冗談《じょうだん》を。昨夕《さくゆう》、展覧会場《てんらんかいじょう》で作品を拝見《はいけん》しましたよ」

「何かの間違《まちが》いでしょう。失礼《しつれい》します」

ガチャンと受話器《じゅわき》を乱暴《らんぼう》に置《お》いたが、それより一瞬《いっしゅん》早く、

「五分後にうかがいます」

と、有無《うむ》をいわせない、脅《おど》すような声が耳もとにひびいた。

アタシはぞくっと寒気《さむけ》がして、そのまま跳《と》び上がるようないきおいで起《お》きてしまった。頭も一挙《いっきょ》にさえてきた。これは夢《ゆめ》ではないわ。しかも五分後に人が来るというのね。さあ、どうしよう。

週刊《しゅうかん》ママゴンの記者《きしゃ》と名乗《なの》る常識《じょうしき》のない男に、朝っぱらから会う気なんか、さらさらありませんからね。その人はうちへ来て、いったいどうするつもりだろう。アタシはドアを開《あ》けるのはよそうと思った。

いつものように身支度《みじたく》をして、朝食を食べることにする。Tシャツを着《き》終《お》わったところで、玄関《げんかん》のチャイムが鳴った。よほど近くまで来ていたのにちがいない。

アタシは客《きゃく》を無視《むし》して、おみそ汁《しる》を作ろうと思った。チャイムが何度《なんど》も鳴り、続《つづ》いてドアをたたく音。何か大声で叫《さけ》んでいる。アパートの隣人《りんじん》がさぞかし迷惑《めいわく》するだろう。何かのまちがいなら、納得《なっとく》ずくで帰ってもらった方がよいかもしれない。アタシは開《ひら》きかけた冷蔵庫《れいぞうこ》の扉《とびら》をしめ、玄関《げんかん》の方に行った。

「十分間でいいんです。取材《しゅざい》させてください。ドアを開《あ》けて……」

泣《な》き落《おと》しらしい。悲《かな》しそうな叫《さけ》びに聞こえた。やっぱりはじめて聞く声ではないようだった。

玄関《げんかん》のドアのまんなかにある、小さなのぞき窓《まど》のレンズから外を見て、アタシ、もうびっくり仰天《ぎょうてん》。なぜって、そこにいるのは美術大学時代《びじゅつだいがくじだい》のクラスメート、今市サエルくんその人だったからだ。そうなら、知らないどころの話じゃない。

「ひょっとして、今市くんなの？」

「今市サエルです。わかってくれましたね」

「どうしたの、こんなに朝早くから」

「週刊《しゅうかん》ママゴンの取材《しゅざい》です」

「それはわかったわ。お見当ちがいですけどね。キミ、今、週刊誌《しゅうかんし》の記者《きしゃ》なのね」

「ともかく、開《あ》けてもらえませんか」

今市サエルからは、この三月に告白《こくはく》されたことがあるの。別《べつ》につきあってたわけじゃない。たまたま研究室《けんきゅうしつ》でほかにだれもいないとき、彼はアタシに好《す》きだといった。アタシはお礼《れい》をいい、でもアタシ、今市くんを好《す》きではありませんからね、と、いいそえた。彼は地味《じみ》でおとなしい学生だった。美術《びじゅつ》の天分が豊《ゆた》かだとは思わない。悪《わる》い人ではなさそうに見えた。その今市くんがふたたび唐突《とうとつ》に現《あらわ》れた。アタシの前に。アタシはなぜかしらほっとして、ドアを開《あ》けてしまった。

その途端《とたん》に、ストロボライトが稲妻《いなづま》のような閃光《せんこう》を放《はな》った。今市くんひとりではなく、カメラマンもいっしょだったのだ。はじめ離《はな》れていたカメラマン氏は、今市くんをおしのけるように前進《ぜんしん》し、あっけにとられているアタシを、大きなカメラで撮《と》りまくったわ。そういうことに慣《な》れないアタシは、まったく無防備《むぼうび》だったわね。

「しばらくね、今市くん」

当惑《とうわく》を我慢《がまん》して、アタシはこういったと思う。

アタシを好《す》きだった男の子だとしても、アタシから見れば彼は大勢《おおぜい》いた学び仲間《なかま》のひとりにすぎなかった。好意《こうい》も感《かん》じないかわり、とりたてて きらう理由《りゆう》もなかったわ。

「でも、何、これ。よしてよ、写真《しゃしん》なんか。電話でいったでしょ、個《こ》展《てん》なんてしないって」

「つまり学校にはないしょにしておきたいんですね」

今市サエルは意味不明《いみふめい》のことをいい、アタシの言葉《ことば》を早くもメモしているようだ。

「どこでどんな展覧会《てんらんかい》があるっていうの」
と、アタシはきいた。まちがいにしても、念《ねん》が入りすぎている。
すると、今市サエルは一枚《いちまい》のチラシをショルダーバッグからとり出し、
アタシの鼻先《はなさき》につきつけた。チラシは立派《りっぱ》な三色印刷《いんさつ》で、見出しにこう
あった。

わたしのえんま帳《ちょう》
現代教育界《げんだいきょういくかい》への挑戦状《ちょうせんじょう》
異色《いしょく》の新卒女教師《しんそつじょきょうし》 田村泰子《やすこ》 個展《こてん》へのお誘《さそ》い

「これって、何なの。アタシにはさっぱりわけがわからない」

「いいかげんに、しらばっくれるのはおやめになったらいかがですか」

と、中年カメラマン氏が黄色《きいろ》い歯《は》を見せていった。

「そういえば、この前、アタシのクロッキー帳《ちょう》が一晩《ひとばん》なくなったの。アタシ自身《じしん》、えんま帳《ちょう》って呼《よ》んでいた画帳《がちょう》よ。そのこととこれと、関係《かんけい》があるのかしら。なんだかとっても変《へん》。だれかの陰謀《いんぼう》のような気がする」

「陰謀《いんぼう》とおっしゃるのは、だれかが仕組《しく》んだにせものの個展《こてん》という意《い》味《み》ですか」

「そうかもしれない」

「どなたかにうらまれる心あたりがあるんですか」

「いいえ」

ふたりの目がギラギラしている。相手《あいて》の土俵《どひょう》にうかうかと乗《の》せられてはいけない。

「今市くん、おかしなことにアタシを巻《ま》きこまないで。個展《こてん》なんてウソッパチよ。お帰りになって。アタシのことをキミの雑誌《ざっし》に書かないで」

「……ウソッパチ、と」

と、今市サエルはアタシの言葉《ことば》をくりかえしながら、少し表情《ひょうじょう》をこわばらせて何かをノートに書きとった。

「ご協力《きょうりょく》に感謝《かんしゃ》します。取材《しゅざい》の自由《じゆう》ということもありますから」

「書かれない自由《じゆう》だってあるでしょ」

「それはない」

「どうして」

「言論《げんろん》と表現《ひょうげん》の自由《じゆう》。憲法上《けんぽうじょう》の権利《けんり》です」

いいかえそうとしたのよ、アタシ。でも、あっという間に、ふたりはアタシの前から姿《すがた》を消《け》してしまった。

打《う》ちのめされて

本人も知らないアタシの個展《こてん》が開《ひら》かれる。しかも、週刊《しゅうかん》ママゴンの記《き》者《しゃ》として、アタシに告白《こくはく》したことのある男の子まで登場《とうじょう》した。いくらのんき者《もの》のアタシだって、あきれて背《せ》すじがシャンとのびてしまう。

手もとに残《のこ》されたなぞの印刷物《いんさつぶつ》によれば、会場は市内最大《さいだい》のショッピングセンター、《タラーム365》の四階《よんかい》だという。

出勤《しゅっきん》してみると、アタシの個展《こてん》の話は職員室《しょくいんしつ》にもひろがっていた。

「田村先生、教務手帳《きょうむてちょう》の内容《ないよう》を、一般公開《いっぱんこうかい》なさるのですか？」

と、鼻眼鏡《はなめがね》ごしにアタシをうかがうように近づいてきたのは教頭先生だ。

教頭先生はあの宣伝用《せんでんよう》チラシをちゃんと持《も》っていらっしゃった。

アタシは無意味《むいみ》な誤解《ごかい》を解《と》く必要《ひつよう》を強く感《かん》じて、いった。

「アタシのえんま帳《ちょう》は、教務手帳《きょうむてちょう》ではありません。気づいたことを書いているものをえんま帳《ちょう》とよんでいて、それが盗《ぬす》まれたんです。犯人《はんにん》の意図《いと》はさっぱりわかりませんが」

「犯人《はんにん》とおっしゃる。わたくしの理解《りかい》をこえていますな」

「ま、ま、教頭先生。教務手帳《きょうむてちょう》の内容《ないよう》でなければ、結構《けっこう》です。田村くんは初《はじ》めての個展《こてん》で、恥《は》ずかしがっておいでなのでしょう。本校の教師《きょうし》が展覧会《てんらんかい》を開《ひら》くなんて、いい話です。田村先生、展覧会《てんらんかい》、期待《きたい》しておりますよ」

と、校長先生がとりなし顔でいった。

「起《お》きてしまったことは仕方《しかた》がない。だれにも傷《きず》がつかないように、ここはひとつ、マルくおさめなければ……」

と、別《べつ》の声がいった。いつの間にか職員室《しょくいんしつ》に音もなく現《あらわ》れたPTA会長、国会議員《こっかいぎいん》のキノウイチロウ氏だった。この人はアタシの組の子の父兄なのだ。

「信《しん》じてください。私《わたし》は個展《こてん》を開《ひら》いたりしません。これはだれかの陰《いん》謀《ぼう》です。アタシは警察《けいさつ》にとどけなければなりません」

「田村先生、どうか冷静《れいせい》に。先生の個展《こてん》ではないのですね」

と、校長先生が静《しず》かにいった。アタシは泣《な》きたい気持《きも》ちで、ただうなずくばかりだった。

「わかりました。教頭先生、警察署《けいさつしょ》まで、田村先生にご同行していただけませんか」

信《しん》じてもらえたか！　教頭先生は、すぐに車の手配《てはい》をします、といってくださった。頭がクラクラするほどうれしかった。今日のプール指導《しどう》の代行《だいこう》を、山田先生にお願《ねが》いする。

校庭《こうてい》に出ると、うかれさわいでいた子どもたちがこちらを見て、口ぐちにいった。

「おはよう、センセ。展覧会《てんらんかい》、見に行くわよ」

「センセ、やったね。有名人《ゆうめいじん》じゃん」

「テレビ局《きょく》も来るかな、センセ」

「おめでとう、田村センセ」

アタシが教えている子で、今日からはじまる《えんま帳展《ちょうてん》》を知らない者《もの》は、どうやらいないらしい。宣伝《せんでん》チラシは、今朝の新聞折《お》りこみで家庭《かてい》にとどいたという子もあり、友だちから聞いたという子もいた。

教え子は入れかわり立ちかわり、《展覧会《てんらんかい》》のことをいっては、プールの方へとんで行く。ここは、なりゆきにまかせるしかなかった。にせもののアタシの個展《こてん》がどんな代物《しろもの》か、この目で目撃《もくげき》もしないうちから、みじめさがつのってきた。

アタシのえんま帳《ちょう》がなくなったのは、二日前の昼間だったわ。きのうの朝には、それがもどってきているのよね。三色刷《さんしょくずり》チラシは今朝の朝刊《ちょうかん》に折《お》りこまれて、くばられた。

今市サエルは朝六時にはそのチラシを持《も》っていた。しかも、彼はきのうのうちに《タラーム365》で、開場《かいじょう》よりひと足先に《アタシの個展《こてん》》の展示内容《てんじないよう》を見て来たという。ほんとうに、《アタシのえんま帳展《ちょうてん》》が今日から行われるのだろうか。いったいだれが、何のために仕組《しく》んだのだろう。アタシにはさっぱりわけがわからない。

警察《けいさつ》に行くと、若《わか》い刑事《けいじ》さんが出てきて、話を聞いてくれた。

「率直《そっちょく》に申《もう》しあげますと、どうもわかりにくいお話ですね。イヤ、おっしゃる意味《いみ》が、ではなくて、前例《ぜんれい》のないケースということです。警察《けいさつ》といたしましては、一応《いちおう》お調《しら》べいたしますけれど……」

アタシはふたたび泣《な》きたい気持《きも》ちにおそわれたのだけれど、気をとりなおして、椅子《いす》から立ちあがった。

小さな味方《みかた》たち

子どもたちがアタシの展覧会《てんらんかい》と信《しん》じこまされている《にせものの個《こ》展《てん》》に、のこのこ出かけて行くには蛮勇《ばんゆう》がいる。これは何者《なにもの》かがしかけた悪意《あくい》のわなだ。しかもアタシは、心ならずも週刊誌《しゅうかんし》に取材《しゅざい》されてしまった。現《あらわ》れた記者《きしゃ》が知人だったのも、奇妙《きみょう》な話。最《もっと》も警戒《けいかい》しなければならないところで、アタシはまったく虚《きょ》をつかれた。しかし、これ以外《いがい》にどうすることができただろう。奇怪《きかい》な《アタシの個展《こてん》》は、どんなぐあいに行《おこな》われるのか。チラシによれば、アタシのえんま帳《ちょう》が（個展《こてん》というからには）アタシの意志《いし》で公開《こうかい》されることになっている。犯人《はんにん》は盗《ぬす》んでから返《かえ》すまでの二晩《ふたばん》のうちに、すべてのページをコピーすることができたはずだ。でも、どのようにしてショッピングセンターに話をつけ、にせものの個展《こてん》の開催《かいさい》に持《も》ちこんだのだろう。宣伝《せんでん》チラシの印刷《いんさつ》は、素人《しろうと》のわざとは思えない。アタシのえんま帳《ちょう》を盗《ぬす》むより前に、犯人《はんにん》はどこかの印刷所《いんさつじょ》にチラシ作りを依頼《いらい》したにちがいない。

手のこんだやり口ね。犯人《はんにん》はこんなに面倒《めんどう》な細工《さいく》をして、アタシのえんま帳《ちょう》から、どんな利益《りえき》を引き出すことができるというのだろう。

警察《けいさつ》にまかせて、このまま放《ほう》っておくか。

それとも、会場に行ってみるか。

何度《なんど》も迷《まよ》ったあげく、アタシは行ってみることにした。行けば、何かがわかって来そう。怪人二十面相《かいじんにじゅうめんそう》からの挑戦状《ちょうせんじょう》みたいで恐《おそ》ろしくはあるけれど、受《う》けて立たなければならないと、アタシは思った。

ショッピングセンター《タラーム365》は、村田第三小と村田駅《えき》の中間の位置《いち》にあり、学校から徒歩《とほ》十五分で行かれる。アタシの住むアパートからも、さして遠くない。アタシは学校へ出勤《しゅっきん》するにも、お買《か》い物《もの》をするにも、自転車《じてんしゃ》に乗《の》る。立ち寄《よ》るのはかんたんだ。

ここ数日、学期末《がっきまつ》の仕事《しごと》で忙《いそが》しく、《タラーム365》には行っていないが、《田村泰子展《やすこてん》》のポスターでも町にはり出されていれば、子どもたちのだれかが教えてくれただろう。計画は、今日までひそかに進《すす》められていたのだと思う。

プールの子どもたちが帰宅《きたく》したあと、河原《かわはら》先生から、

「先生の展覧会《てんらんかい》に、ごいっしょさせてください」

と、いわれて困《こま》った。河原《かわはら》先生には、真相《しんそう》がまだ伝《つた》わっていない。それ

にアタシはこのところ、なぜか河原《かわはら》先生が苦手《にがて》なのだ。アタシはたまりかねていう。

「アタシのクロッキー帳《ちょう》を盗《ぬす》んだ人がいて、展覧会《てんらんかい》はだれかが勝手《かって》に計画したものなんです。アタシにはなにも関係《かんけい》がないんです」

いいながら、のどがカラカラに枯《か》れているのがわかった。

あせってはいけない。

でも河原《かわはら》先生は、なぜかアタシのいいぶんを聞いておられないみたい。組の子たちがひまわりの肩《かた》かけバッグを家庭科室《かていかしつ》に届《とど》けてくれたとき、えんま帳《ちょう》が盗《ぬす》まれたのですか、とたずねてくれた河原《かわはら》先生なのに。こんなことになるなんて、予想《よそう》していなかったし、クロッキー帳《ちょう》が本当に盗《ぬす》まれたかどうか、自信《じしん》もなかったから、きのうまで、職員室《しょくいんしつ》でだれにも話さなかったんだ。

スギタニとツルミがひまわりのバッグを届《とど》けてくれたとき、アタシもおかしいなと感《かん》じていた。すぐに、学校長に話しておくべきだったろうか。一日後にみつかったえんま帳《ちょう》が、雨にぬれた気配《けはい》もないことを指摘《してき》してくれたスギタニの推理力《すいりりょく》に、今さらながら脱帽《だつぼう》するアタシ。

「少し仕事《しごと》をかたづけてから、行きますので」

と、アタシはさりげなく河原《かわはら》先生をかわす。

「ぼくも少し、仕事《しごと》をかたづけてからにしようかな」

と、河原《かわはら》先生がいい出す。

「アタシ、自転車《じてんしゃ》ですし……」

「ぼくの車にお乗《の》りなさいよ。冷房《れいぼう》もガンガンききますしね」

「イエ、自転車《じてんしゃ》で。ついでにまわりたいところもあるんです」

「なんだか、つまらないな。じゃ先生、ぼくは会場でお待《ま》ちしてますから。何といっても、ご本人に展示解説《てんじかいせつ》をしていただくのが一番ですからね。ハッハッハッハ」

河原《かわはら》先生はスポーツマンらしく豪快《ごうかい》に笑《わら》った。この人は救《すく》いようがないくらい無神経《むしんけい》だが、それなりに、善意《ぜんい》のかたまりではあると思う。ご厚意《こうい》をお受《う》けしなくてごめんね、河原《かわはら》先生。大男を煙《けむ》に巻《ま》いて、職員室《しょくいんしつ》のつくえの上をおかたづけして、人の出入りのすきに、学校をあとにする。

「田村センセ」

「お嬢《じょう》さまセンセ」

と、叫《さけ》びながら、校門のわきからとび出してきたのは、ツルミとスギタ

ニだった。自転車《じてんしゃ》から降《お》りて、

「どうしたの、キミたち」

「センセが心配《しんぱい》なの」

「わたしたち、ついて行くよ」

アタシの足が会場にむかうことを予測《よそく》して、この子たちは待《ま》ちぶせしていたのだ。

二人はことのはじまりから犯罪説《はんざいせつ》で、しかもその推理《すいり》は鋭《するど》かった。そうか、アタシには強力な味方《みかた》が二人もいたのだ、と思いかけた拍子《ひょうし》に、二人の背後《はいご》にアタシの両目《りょうめ》の焦点《しょうてん》が合った。

鳥へっぽこ新聞の新聞係《しんぶんがかり》、全員《ぜんいん》が勢《せい》ぞろいしているではないか。

アタシの子どもたち!

「スギタニとツルミに聞いたぜ、センセ。犯人《はんにん》は複数《ふくすう》だ。知能犯《ちのうはん》だよ」

イトオハジメのどら声が、いつもとちがって沈《しず》んでいる。まわりを警《けい》戒《かい》して声をおし殺《ころ》しているのだろう。

最大《さいだい》の味方《みかた》が一番近いところにいた。アタシの子どもたち！

会場はニュートリノ塾《じゅく》

校門の外で子どもたちと会ったとき、

「センセ、行くよね」

と、スギタニミイコが小声で確認《かくにん》するようにいった。

「行ってみる。《タラーム365》の経営者《けいえいしゃ》から、ホントのことを確《たし》かめるわ」

「経営者《けいえいしゃ》は犯人《はんにん》とグルかもしれない」

と、サイジョウが意外《いがい》なことをいった。わたしはまだそういうことを考えられないでいたのに。

「西条《さいじょう》、空想《くうそう》で人を疑《うたが》ってはいけないわ」

と、アタシはちょっとにらんでたしなめたのだけれど、いいながら自分の心が動揺《どうよう》しているのがよくわかった。

「キミたちはおうちにお帰りなさい」

「センセ、ふたことめには、おうちにお帰りばっかなの、近ごろ」

と、スギタニがいった。

「クラスのみんな、展覧会《てんらんかい》見に行ってるわよ。わたしたちだけ、どうしていけないの」

と、ツルミがつっこんで来た。

「あのな、ぼくな」

これはもちろんムトウだ。

「遠いとこでも、危《あぶ》ないとこでもないし、な」

あきらめて、六人の子どもたちとともに、アタシは自《じ》転《てん》車《しゃ》を押《お》して歩きだした。

ハジメとタカシがアタシの両脇《りょうわき》に、ぴたりとよりそった。

あとの四人はアタシを遠巻《とおま》きにし、あたりを警戒《けいかい》しながら進《すす》む。みんなアタシが路上誘拐《ろじょうゆうかい》されるのを防《ふせ》ごうと思っているみたい。

この子たちは、《タラーム365》でやられているらしい展覧会《てんらんかい》なるものが、アタシを陥《おとしい》れるために仕組《しく》まれたわなだと信《しん》じている。アタシのえんま帳《ちょう》は一晩《ひとばん》盗《ぬす》まれていたのだ。とったものをあとで返《かえ》しても、盗《ぬす》みは盗《ぬす》みだ。盗《と》りっぱなしでないのが、かえって怪《あや》しい場合だってある。

ショッピングセンター《タラーム365》は、この春開店《かいてん》したばかりのピッカピカだ。カステラ色した四階《よんかい》建《だ》てのてっぺんに、銀《ぎん》ねずみ色のドームが光る。地下が駐車場《ちゅうしゃじょう》で地上三階《さんかい》までが売り場なのだが、四階《よんかい》にはまだお客《きゃく》を入れたことがなかった。

四階《よんかい》は何をするところだろう、といぶかる人がいたとしても、不思議《ふしぎ》はないわね。貸事務所《かしじむしょ》だろうといううわさもあり、いや、劇場《げきじょう》ができるのだ、という人もいたようよ。でも、まさか、ショッピングセンターの四階全部《よんかいぜんぶ》が、新しくできる受験塾《じゅけんじゅく》だと想像《そうぞう》する人はいなかったと思う。

四階《よんかい》　ニュートリノ塾《じゅく》

という表示《ひょうじ》がこのビルのあちこちに出されたのは、今日がはじめてなんですって。

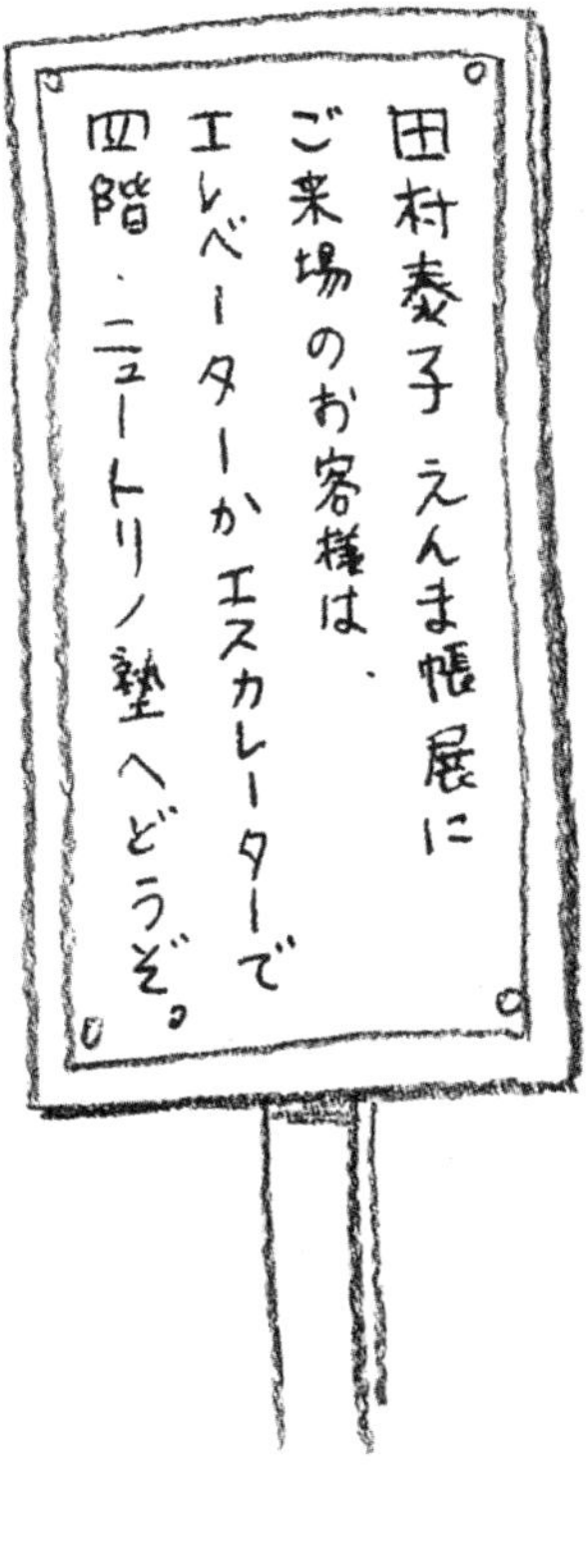
田村泰子 えんま帳展に
ご来場のお客様は、
エレベーターかエスカレーターで
四階・ニュートリノ塾へどうぞ。

手書きの案内板《あんないばん》が、正面《しょうめん》入り口にでかでかと貼《は》られている。こんな表示《ひょうじ》を見ても、アタシはもう驚《おどろ》かない。自転車《じてんしゃ》を駐輪場《ちゅうりんじょう》に置《お》いて、自動《じどう》ドアを通りぬけると、アタシたちは案内所《あんないじょ》に直行《ちょっこう》した。名刺《めいし》を一枚《いちまい》とりだして、社長さんにお目にかかりたい、と、案内《あんない》の女性《じょせい》に告《つ》げる。

「本日の展覧会《てんらんかい》にご出品くださいました、田村泰子《やすこ》先生でいらっしゃいますね。おいでくださいまして、ありがとうございます。社長は四階《よんかい》のニュートリノ塾《じゅく》にて、先生をお待《ま》ちしております。ただ今ご案内申《あんないもう》し上げます」

アタシと同い年くらいに見える案内《あんない》の女性《じょせい》の応対《おうたい》がていねいで完璧《かんぺき》なので、アタシはドギマギしてしまった。こんなに奇麗《きれい》な言葉《ことば》、アタシはふだん、教室で使《つか》っていないもの。

「お子さまたちもごいっしょなさいますか」

《キミたちは待《ま》っていなさい》といおうとしたが、子どもたちはそれを見こしてか、アタシにかじりついて離《はな》れようとしない。彼らを事件《じけん》に巻《ま》きこむわけにはいかないが、ニュートリノ塾《じゅく》とやらの応接室《おうせつしつ》で、平日《へいじつ》のまっ昼間から、まさか、なぐったりおどしたりもされまい。アタシは無事《ぶじ》を天に祈《いの》るような気《き》持《も》ちでひと息《いき》深呼吸《しんこきゅう》すると、亜麻色《あまいろ》の長髪《ちょうはつ》のきれいな女性《じょせい》に導《みちび》かれて、六人の子たちとともに、エレベーターの人となった。

「スッテキな先生で、あなたたち、しあわせね」

エレベーターのドアが閉《し》まると、受付嬢《うけつけじょう》がこぼれるような笑顔《えがお》で、子どもたちにいった。でも、子どもたちは黙《だま》っている。気をゆるせないぞ、というかたい表情《ひょうじょう》で。

青年社長・土利野格治《とりのかくじ》は、展覧会場《てんらんかいじょう》に仕立《した》てられた、ニュートリノ塾《じゅく》の広々としたロビーで人と立ち話をしていた。

「社長、田村先生がおいでになられました」

案内嬢《あんないじょう》のひと声でこちらをふり返《かえ》ったのは、トリノばかりではなかった。

「これはこれは、田村先生。ご覧《らん》のとおり、初日《しょにち》から大盛況《だいせいきょう》でしてね」

トリノはおおげさな身《み》ぶりでアタシに接近《せっきん》し、握手《あくしゅ》を求《もと》めようとした。

アタシを四人の小学五年生たちが囲《かこ》んでいる（あとの二人はなぜかアタシから離《はな》れていた）。

「おやおや、おかたい守《まも》りですなあ」

と、彼は冗談《じょうだん》めかして握手失敗《あくしゅしっぱい》をごまかし、照《て》れ隠《かく》しに歯《は》を見せて笑《わら》った。

すぐにアタシたちは報道陣《ほうどうじん》に囲《かこ》まれてしまった。遠慮会釈《えんりょえしゃく》もなく、カシャカシャというカメラのシャッター音と、ストロボライトの雨。まぶしいよりも、腹《はら》が立つ。そうして、ようやく、アタシの心に力がよみがえってきたんだ。

受験塾《じゅけんじゅく》の宣伝《せんでん》ガールにされたアタシ

何社もの報道陣《ほうどうじん》に注目《ちゅうもく》されているのだとしたら、うそをあばくよい機《き》会《かい》だ。アタシはこころなし胸《むね》をそらせて、トリノ社長と対決《たいけつ》する。

「あなたが《タラーム365》の経営者《けいえいしゃ》ですね」

「はい。《タラーム365》はわたしのものです。そしてもちろん、この《ニュートリノ塾《じゅく》》も」

「では、申《もう》し上げたいことがございます。これはアタシの個展《こてん》ではありません。何者《なにもの》かがアタシの名をかたり、そのうえ、アタシのクロッキー帳《ちょう》を盗《ぬす》んで展覧会《てんらんかい》を仕組《しく》んだのです。ですからこれは犯罪《はんざい》です」

アタシは一気にまくしたてた。

「田村先生。何かわたしどもに至《いた》らない点がございましたのなら、おわび申《もう》し上げます。わたしどもはいつぞや、先生ご自身《じしん》から、お電話で個展《こてん》のお申《もう》し入れをいただきましてから、最善《さいぜん》をつくして準備《じゅんび》にあたってまいりましたつもりでございますが……」

「アタシは何の申《もう》し入れもしていません。アナタのところでは、展覧《てんらん》会《かい》の会場申《もう》しこみを電話で受《う》けるのですか」

「お客《きゃく》さまを全面的《ぜんめんてき》にご信頼申《しんらいもう》し上げますのが、我《わ》が社《しゃ》の社運《しゃうん》をかけた方針《ほうしん》でございましてね」

「それでは、アタシの名をかたった人物《じんぶつ》の顔をご存《ぞん》じないのですね」

「いやいや、どうも。だいぶご立腹《りっぷく》で。ご無理《むり》もございません。本来ならば、わたしが直接《ちょくせつ》にですね、先生の学校なりお宅《たく》なりに、ごあいさつにおうかがいすべきところだったのですが、このところ出張《しゅっちょう》が続《つづ》いたりいたしましてね。部下《ぶか》の落《お》ち度《ど》はどうぞご容赦《ようしゃ》のほどを」

トリノカクジは若《わか》いが、物腰《ものごし》はどこまでもやわらかい。それがいっそうしゃくにさわるけれど、考えてみると、トリノが犯人《はんにん》かどうか、まだ、まったくわかりはしないのだ。とても、非常《ひじょう》に、ものすごく、変《へん》ではあるけれど、トリノが《にせもののアタシ》からの電話にだまされた可能性《かのうせい》だって、まだ否定《ひてい》できないわね。アタシの頭の中がぐらりとした。きっと、一瞬《いっしゅん》のすきが見えたのだろう。報道記者《ほうどうきしゃ》たちが急《きゅう》に輪《わ》をせばめて、図々《ずうずう》しく言葉《ことば》の矢を放《はな》ちはじめたの。

「展覧会《てんらんかい》は大好評《だいこうひょう》じゃありませんか、田村先生」

と、ひとりの健康《けんこう》そうな若《わか》い記者《きしゃ》がいった。

「ですから、今申《もう》しましたとおり……」

「えんま帳《ちょう》の内容《ないよう》がですね、世の中の常識《じょうしき》からですね、かけ離《はな》れているだけにですね、発表《はっぴょう》に踏《ふ》み切ろうと決心《けっしん》なさるまでにはですね、気持《きも》ちの上で葛藤《かっとう》がですね、おありだったのではありませんか」

《デスネ、デスネ》と、小声でいうのが聞こえた。ムトウだ。救《すく》われた気がした。そうだ、ココロノユトリが大事《だいじ》よね、どんなときでも。アタシが答えもしないうちから、次《つぎ》の質問《しつもん》が来た。

「展示内容《てんじないよう》に《学校ぎらいをなくしたい》とありますが、学校ぎらいが近年ふえております原因《げんいん》はですね、何だとですね、お考えですか」

べつの《ですね記者《きしゃ》》だ。アタシはなんだか愉快《ゆかい》になってきた。

「アタシは発表《はっぴょう》の決意《けつい》なんかしていません。これはアタシの展覧会《てんらんかい》ではないんですから」

「先生の展覧会《てんらんかい》ではない、とおっしゃる意味《いみ》はですね、ご自分ひとりの個展《こてん》ではなく、子どもたちみんなといっしょに作っているという気持《きも》ちをこめてのご発言《はつげん》と解釈《かいしゃく》してよろしいですか」

「誤解《ごかい》です」

記者《きしゃ》たちは早口でアタシの何倍《なんばい》もよくしゃべる。アタシの発言《はつげん》をきちんと聞いていないようだ。四人の子どもたちはアタシにしがみついたままだが、イトオとセイウンの姿《すがた》が見えない。どこに行ったのだろう。気がかりだわ。

「アタシのクロッキー画帳《がちょう》は盗《ぬす》まれたのです！」

切れ目のない記者《きしゃ》たちの言葉《ことば》の洪水《こうずい》のすきを見て、アタシは大声で叫《さけ》んだの。

「それは本当です」

「わたしたちが証人《しょうにん》です」

スギタニとツルミが、大人たちをにらみつけながら、決然《けつぜん》といい放《はな》った。

アタシは展示物《てんじぶつ》のある壁《かべ》に近寄《ちかよ》った。何か、解決《かいけつ》への糸口をさがしたいから。すると、人波《ひとなみ》がアタシとともに動《うご》く。アタシは一枚《いちまい》のパネルの前に立つ。人波《ひとなみ》が開《ひら》いて、アタシにそれを見えるようにしてくれる。《ごあいさつ》というパネルだった。それは塾長《じゅくちょう》・土利野《とりの》核治《かくじ》の名で書かれ、《田村泰子《やすこ》先生の理想《りそう》主義《しゅぎ》教育《きょういく》》を派手《はで》にほめたたえていた。読みすすむと、「しかし今日の子どもたちが置《お》かれた現実《げんじつ》はまことにきびしく」と、続《つづ》く。そして、さらに、

まことに遺憾《いかん》なことではありますが、現代《げんだい》の学校では、子どもたちに真《しん》の学力をつけてはもらえないのが実態《じったい》でございましょう。新時代《しんじだい》にふさわしい《もうひとつの学校》、ニュートリノ塾誕生《じゅくたんじょう》への期待《きたい》が、

急速《きゅうそく》にもりあがりましたゆえんでございます。

とあった。新開店《しんかいてん》の塾《じゅく》の宣伝《せんでん》に、アタシはまんまと利用《りよう》されていたのだ。

糸尾《いとお》と星雲の活躍《かつやく》

二番目のパネルは、なんと、アタシ自身《じしん》のアップの顔写真《かおじゃしん》だった。いつ、どこで、写《うつ》されたのだろう。まるで見覚《みおぼ》えのない写真《しゃしん》だ。白黒《しろくろ》に焼《や》かれ、少し輪郭《りんかく》がぼけているけれど、よく撮《と》れている。自分の顔をあやうく見直《みなお》してしまいそう。

「センセ、素敵《すてき》よ」

「アイドル歌手みたい」

と、女の子たちの声がした。見ると、アタシの組のヌノビキとチバだ。

「キミたちも来てたの」

といったつもりだが、喉《のど》がかすれて声にならなかったようだ。

三番目の展示物《てんじぶつ》からは、豪華《ごうか》な額《がく》ぶちの中に、アタシのクロッキー画《が》帳《ちょう》の拡大《かくだい》コピーが、ずらりと並《なら》んでいた。ページの順《じゅん》を追《お》って、おもしろそうなのを選《えら》んだらしい。

アタシのえんま帳《ちょう》は、教室の絵日記のようなもので、もちろんどのページにも児童《じどう》の名前が登場《とうじょう》するが、額《がく》ぶちの中の拡大《かくだい》コピーを見ると、子どもたちの名を消《け》したり伏《ふ》せたりしていない。書かれたそのままの再現《さいげん》だった。

「センセ、わたしの名前、みーつけた」

と、かわいく叫《さけ》んで背《せ》のびしたのは、ソフトボールが好《す》きなケイノだ。

こぼれるような笑《え》顔《がお》で、うれしそう。

「わたしのこと、カッコよく描《か》いてくれたのね」

といって、手を振《ふ》るのはアオノ。クラスの子がいったい何人来ているのだろう。

アタシのえんま帳《ちょう》には、児《じ》童《どう》のよい面《めん》だけを記《き》録《ろく》してある。子どもの心がキラリと美《うつく》しく輝《かがや》いたとき、アタシは絵と言《こと》葉《ば》でその子をキャッチし、発《はっ》見《けん》したものを忘《わす》れないように、クロッキー帳《ちょう》に記《き》録《ろく》しておくのだ。

子どもたちの悪《わる》い面《めん》は書かない。それは頭に記《き》憶《おく》しておく。もし忘《わす》れてしまったら？　忘《わす》れられるようなことなら忘《わす》れてしまえばいい。でも大《だい》好《す》きなアタシの子どもたちが《いけない子》であったときのことって、案外《あんがい》覚《おぼ》えているものなのよね。

アタシの子どもたちは年齢《ねんれい》が近くて数も多いけれど、アタシは彼らのおふくろか姉貴《あねき》のようなものだから、みんなのことがいつでも（夜寝《ね》ているあいだだってアタシ、受《う》け持《も》ちの子たちの夢《ゆめ》を見るもの！）、気にかかる。彼らの言動《げんどう》は、忘《わす》れられないアタシ自身《じしん》の歴史《れきし》として、心に彫《ちょう》刻刀《こくとう》で彫《ほ》りつけられているんだ。

展覧会《てんらんかい》を見に来ている子が、自分のことを書かれた展示《てんじ》の前で、うれしそうに誇《ほこ》らしそうに、顔を赤らめているなんて！　それはアタシがまったく予期《よき》していなかった発見《はっけん》だった。

「先生の教え子たち、喜《よろこ》んでいますね。担任教師《たんにんきょうし》としてのご感想《かんそう》は？」

こちらの発見《はっけん》を見逃《みのが》さずに、ひとりの記者《きしゃ》が踏《ふ》みこんできた。

「田村先生がニュートリノ塾《じゅく》に引き抜《ぬ》かれるという声も、聞かれますが……」

「………………」

「すでに、そのようなスカウト活動《かつどう》はあったのですか」

意地悪《いじわる》そうな笑《え》みをたたえて別《べつ》の記者《きしゃ》がきく。アタシは記者《きしゃ》の質問《しつもん》を無視《むし》してトリノ氏にいった。

「トリノさん。すぐに、このわけのわからない展覧会《てんらんかい》をやめてくださ い」

「展示《てんじ》のしかたがお気にめされないようで。お気持《きも》ちはよくわかります。先生のご意向《いこう》を、もっとよくうかがっておくべきでした」

4月の風

トリノ氏との会話は、どうしてもすれちがう。

アタシはえんま帳《ちょう》のどのページも、心をこめて絵に描《か》き、メモ風の文《ぶん》章《しょう》につづってきた。

あるときは四コマ漫《まん》画《が》だったり、また他《ほか》のときは詩《し》や短《みじか》い童《どう》話《わ》の形をとることもある。拡《かく》大《だい》コピーにとられて額《がく》ぶちにはめられても、アタシ自《じ》身《しん》の心の形であることに変《か》わりはない。公表《こうひょう》するつもりで描《か》いたり書いたりしたものではまったくないが、公衆《こうしゅう》の面前《めんぜん》にさらされたって、別《べつ》だん困《こま》ったり恥《は》じたりする内容《ないよう》ではないのよ。

だけど。でも、どうして。なぜ、アタシがこんなこみ入ったばかばかしい事件《じけん》に巻《ま》きこまれなければいけないの。

額入《がくい》りの《アタシの足跡《あしあと》》を二つ三つ見て、もうたくさんだと思った。

いう。

「イトオとセイウン、どこへいったの」

アタシは子どもたちに小声で聞《き》いた。アキラがなぐさめ顔でアタシに

「だいじょうぶだよ、センセ。ふたりは今いそがしく調《しら》べてるよ」

ああ、アタシはあの子たちにとうとう探偵《たんてい》をさせてしまった！

アタシは人波《ひとなみ》をかきわけ、子どもたちと会場を出た。くだりエレベーターの扉《とびら》でかろうじて報道陣《ほうどうじん》をかわす。《タラーム365》の正面《しょうめん》出入り口に、イトオとセイウンが待《ま》っていた。

「どこにいたのぉ。心配《しんぱい》したんだからもう」

アタシは頬《ほほ》をつたって落《お》ちる涙《なみだ》をぬぐわなかった。

イトオとセイウンは、ショッピングセンターの要所要所《ようしょようしょ》を動《うご》きまわっ

て、事件《じけん》の情報収集《じょうほうしゅうしゅう》をしていたのだという。

「わかったことはだな、センセ。小型《こがた》トラックで額《がく》ぶちとパネルを運《はこ》びこんだ男が二人。ＰＰ運送《うんそう》の運《うん》ちゃんと助手《じょしゅ》だぜ。女の人は来なかったそうだよ。田村先生に頼《たの》まれましたって、運送会社《うんそうがいしゃ》の人、センセの名《めい》刺《し》を見せたってさ」

と、イトオがいった。

「電話の声の主《ぬし》が田村先生自身《じしん》だったかどうか、確認《かくにん》はできませんって。電話を受《う》けた人の話よ。でもその女性《じょせい》、村田第三小の教師《きょうし》をしているタムラヤスコと名乗《なの》ったそうよ」

と、セイウンがいった。

田村先生から会場の展示《てんじ》の作業《さぎょう》はまかされていた、と、トリノはいっていて、まだ子どもたちがいないニュートリノ塾《じゅく》のスタッフが、会場の飾《かざ》りつけをしたらしい。

「トリノ氏と田村先生の《ごあいさつ》のパネルはトラックでいっしょに運《はこ》びこまれたもので、田村先生は《ごあいさつ》の文章《ぶんしょう》を見ているはずだと思いますがねえ、と塾《じゅく》のスタッフがいってました」

と、セイウン。

以上《いじょう》が、イトオとセイウンによる探偵活動《たんていかつどう》の成果《せいか》だった。

ミカのパパ登場《とうじょう》

子どもたちをどうしても、事件《じけん》から切り離《はな》す必要《ひつよう》があった。アタシは教師《きょうし》なのだ。教え子を危険《きけん》に巻《ま》きこんではならない。

《タラーム365》の東隣《ひがしどなり》にある小公園で自転車《じてんしゃ》を止めて、アタシは六人の子どもたちにいった。

「もうやめましょ、こんなこと。夏休みがだいなしになるわ」

「でも、センセ……」

「犯人《はんにん》をつかまえなくっちゃ……」

「やらせときなさい。アタシならだいじょうぶ。キミたちがアタシを理解《りかい》してくれているだけで、アタシは十分《じゅうぶん》」

知らない間に、星雲ミカのおとうさんが来ていた。六月の家庭訪問《かていほうもん》で会ったことがあるから、すぐにわかった。ぬいぐるみの熊《くま》みたいに見えるのは、のび放題《ほうだい》のひげのせいだけではないみたい。

「セイウンのおとうさん！」

と、アタシは多分、目を丸くしていったと思う。

「田村先生のおっしゃるとおり。子どもの出番は、もうおしまいだよ。それに犯人《はんにん》は、ぼくの見るところ、むこうから名乗《なの》りでてくるね。キミたちは家に帰って、楽しい夏休みをはじめるんだ。すぐに迎《むか》えの車が来る」

星雲太郎《たろう》氏は、娘《むすめ》から事件《じけん》のことを聞いて、ずっとアタシたちの近くにいたのだという。こんなに目立つ人物《じんぶつ》が、アタシにまったく見えなかったのは、セイウンのパパに尾行《びこう》の天分があるからだろうか。

公園の外で、自動車《じどうしゃ》のクラクションの音がした。

来てくれたのは河原《かわはら》先生と浦島《うらしま》先生！

「校長と教頭は学校で待機《たいき》しています。田村先生、大変《たいへん》でしたね」

学年主任《しゅにん》の語り口の中に、限《かぎ》りない温《あたた》かさをアタシは感《かん》じた。

「田村先生、気がつくのが今ごろになっちまって……」

河原《かわはら》先生は大きな体をまりのように縮《ちぢ》めて、あやまろうとする。

「星雲ミカさんのおとうさんが学校に《直談判《じかだんぱん》》に見えたのですよ。

まさか、にせもののセンセの個展《こてん》なんて。アタシもじつは半信半疑《はんしんはんぎ》だったの。ゴメンナサイネ」

と、浦島《うらしま》先生がいった。事件《じけん》が異常《いじょう》すぎるのだ。すんなり信《しん》じてもらえなかったからといって、アタシはだれもせめられないと思った。

スギタニとツルミがひまわりのバッグを届《とど》けてくれたとき、アタシはクロッキー画帳《がちょう》が紛失《ふんしつ》したことを、校長先生に話しておくべきだった。イヤ、浦島《うらしま》先生はじめ、学年の同僚《どうりょう》たちにだって、あの段階《だんかい》できちんというべきだったかもしれない。

アタシがクロッキー帳《ちょう》を《えんま帳《ちょう》》と呼《よ》んでいるのは、軽《かる》い気持《きも》ちのジョークなのだが、それが、そもそも、まちがいのもとだったのだろうか。なくなれば困《こま》るけれど、盗《ぬす》まれるようなものじゃないって考えが、アタシには強かったんだ。子どもたちには日ごろから中を見せていたし、学校内にそれを盗《ぬす》みだす者《もの》がいるなどとは、思ってもみなかったので、アタシはじつにおっとりしていた。

今市サエルの早朝の取材《しゅざい》。あのことを校長先生と学年主任《しゅにん》に、深刻《しんこく》な問題《もんだい》として相談《そうだん》しなかったのも、今となっては大いにくやまれるわ。朝の警察署《けいさつしょ》で、アタシはけんめいに真実《しんじつ》をうったえたつもりだったけれど、美《うつく》しく作られたチラシのために、半分も信《しん》じてもらえなかったような気がする。

そして、事態《じたい》はアタシの思いがけない方向《ほうこう》に動《うご》きだしてしまった。

綿密《めんみつ》に準備《じゅんび》された、アタシの知らないアタシの展覧会《てんらんかい》。

それはまだ終《お》わっていない。いいえ、はじまったばかりなのよね、考えてみると。

河原《かわはら》先生と浦島《うらしま》先生の車に分乗《ぶんじょう》させて、六人の児童《じどう》を家庭《かてい》に帰した。

「もういちど、警察《けいさつ》に行ってみた方がいいですよ」

二台の車を見送《みおく》ったあと、星雲太郎《たろう》氏がいった。アタシもそう思っていたところだった。

ミカのパパも《ちゃりんこ族《ぞく》》だった。彼は無骨《ぶこつ》な古い自転車《じてんしゃ》を、公園の木陰《こかげ》から引き出した。校長に連絡《れんらく》し、セイウンのパパと警察署《けいさつしょ》にむかった。村田署《しょ》までのサイクリングは、もう、汗《あせ》だくだった。

村田署《しょ》で応対《おうたい》に出てきたのは、今朝と同じ刑事《けいじ》さんだった。

「アタシのじゃないアタシの個展《こてん》が、《タラーム365》で開《ひら》かれているんです。犯人《はんにん》さがしは、もうはじまっているでしょうね」

刑事《けいじ》さんの寝《ね》ぼけたまなざしが、答えを語っていた。

村田署《しょ》にて

「おっしゃる意味《いみ》がよくわかりませんでしたので、調査《ちょうさ》はしていますが、警察《けいさつ》は今のところ、静観《せいかん》の立場をとっています。《タラーム365》の関係者《かんけいしゃ》のいい分も、それなりにすじがとおっていましてね。立派《りっぱ》な印刷《いんさつ》物《ぶつ》まであることですし」

と、若《わか》い刑事《けいじ》さんはいった。

「そのチラシなら、だれかが勝手《かって》に作ったのです」

「あなたは会場に行かれましたか」

「様子《ようす》を見に行きました。そして経営者《けいえいしゃ》に抗議《こうぎ》しました」

「なるほど……」

刑事《けいじ》さんは腕《うで》を組んで下をむいた。アタシはじりじりして、強い調子《ちょうし》でいった。

「アタシは個展《こてん》なんか、やっていないのです。本人の意思《いし》に反《はん》して、勝手《かって》にだれかが仕組《しく》んだのです。その様子《ようす》をさぐりに行ったのです」

「あなたはこの展覧会《てんらんかい》を、犯罪《はんざい》だとお考えですか」

「もちろんです」

「最初《さいしょ》に犯罪《はんざい》だとお感《かん》じになったのは、いつですか」

「今朝、週刊《しゅうかん》ママゴンの記者《きしゃ》に取材《しゅざい》されたときだったと思います。二十日にクロッキー画帳《がちょう》がなくなりましたが、そのときは盗《ぬす》まれたかどうかわからないと思っていましたから。どこかにアタシが置《お》き忘《わす》れたのかもしれないと……。さわぎたてるほどの問題《もんだい》とは考えていなかったのです」

「週刊《しゅうかん》ママゴンの、朝の取材《しゅざい》の話をくわしくお聞きしましょう。……ごいっしょの方、あなたはどなたですか」

「娘《むすめ》が田村先生のクラスでお世話になっています」

「ご父兄ですね」

「はい、そうです。刑事《けいじ》さん、田村先生のえんま帳《ちょう》が一晩盗《ひとばんぬす》まれてですね、そのコピーが麗々《れいれい》しく、ニュートリノ塾《じゅく》の開塾宣伝《かいじゅくせんでん》に使《つか》われているんです」

「わたしの部下《ぶか》から受《う》けた報告《ほうこく》では、展覧会《てんらんかい》は大好評《だいこうひょう》のようじゃありませんか。子どもたちがとても喜《よろこ》んでいる、と、彼はいってましたよ。これによって、あなたの信用《しんよう》が傷《きず》ついたわけでもなさそうですし」

アタシは思わずアッと息《いき》をのんだ。まだわかってもらえていないんだ！

「イイエ、大いに傷《きず》ついてます！」

「なぜです？」

「もう一度《いちど》いわなければなりませんか。これはアタシの展覧会《てんらんかい》じゃないからです！」

犯人《はんにん》はだれ？

刑事《けいじ》さんは、あらためて捜査《そうさ》を約束《やくそく》してくれた。

ただし、よ。「被害者《ひがいしゃ》のない《えんま帳展《ちょうてん》》の調査《ちょうさ》には、時間がかかるかもしれません」ですって。

「アタシ、被害者《ひがいしゃ》として警察《けいさつ》に来たのですけど」

はぐらかされたような気持《きも》ちでアタシはいった。

「なくなったものは、もどって来たのでしょう」

「でも、コピーをとられた上にですね……」

話がまたふりだしにもどりそうだ。

「調《しら》べてみますが、気長にお待《ま》ち願《ねが》います。警察《けいさつ》は目下《もっか》、超多忙《ちょうたぼう》なのです」

たまりかねた星雲太郎《たろう》氏が、口をはさんだ。

「田村先生が誘拐《ゆうかい》でもされたら、あなたがたは責任《せきにん》をとってくださるんですか」

「誘拐《ゆうかい》の恐《おそ》れをお感《かん》じになりますか」

「そういうことがないとはいえんでしょう。犯人《はんにん》がどんな人物《じんぶつ》かわからないのですから」

いやになっちゃうな、といいたげな表情《ひょうじょう》が、ミカのパパの顔にはありありだった。

でも、これで、するだけのことはしたのだ。ふだんの暮《く》らしにアタシはもどろう。そうしないと、アタシの子どもたちが、また心配《しんぱい》しだすにちがいない。アタシたちは刑事《けいじ》さんにいえることをすべていい、冷房《れいぼう》のよくきいた村田警察署《けいさつしょ》の建《た》てものを出た。

アタシはミカのパパに、聞いておきたいことがあった。

「あのね、セイウンのおとうさん。さっき公園で《犯人《はんにん》はむこうから名《な》乗《の》り出てくる》って、おっしゃらなかったかしら」

「ぼくの第六感《だいろっかん》ですがね」

「どうしてそうお思いになるの」

村田警察署
MURATA POLICE STATION
なくそう、暴力!

「犯人《はんにん》は悪《わる》いことをしているという意識《いしき》がないのかもしれない。ふと、そう思ったのですよ。次《つぎ》は、田村先生に友好的《ゆうこうてき》に接近《せっきん》して来るつもりかもわからない」

「どういう意味《いみ》ですか。星雲さんには、犯人像《はんにんぞう》が見えているのですか」

「犯人像《はんにんぞう》がではなくて、犯人《はんにん》がおぼろげに見えてきた気がするんですよ」

「トリノカクジ氏ですか」

「いいえ。彼はライバルのノーベル賞塾《しょうじゅく》を打《う》ち負《ま》かすことができれば、満足《まんぞく》なだけでしょう」

「アタシを塾《じゅく》の宣伝《せんでん》に利用《りよう》していても？」

「《えんま帳展《ちょうてん》》はトリノ氏にとっては、たなからぼたもちだったのかもしれません」

「では、《週刊《しゅうかん》ママゴン》ですか。今市サエルがシナリオを用意《ようい》したとでもいうのですか」

「いいえ、犯人《はんにん》はもっと身近《みぢか》なところにいるのかもしれませんね」


七月二十三日。

朝、プールの出席《しゅっせき》をとろうとしたら、待《ま》ちかまえていた子どもたちが口々にいった。

「センセ、だいじょうぶ？」

「たいへんだったね、センセ」

「犯人《はんにん》、まだわからないの？」

「ひっどいやつだね」

「知能犯《ちのうはん》よ」

わいわい、わいわい。がやがや、がやがや。

四月の始業式《しぎょうしき》から、毎日いのちがけで、この子たちに自分のベストをぶつけてきた甲斐《かい》があった。事件《じけん》はまだ終《お》わっていないが、アタシの心にファイトの火がもどってきた。

学校では誤解《ごかい》が解《と》けたが、事態《じたい》をこのまま放置《ほうち》すれば、世の中の人は、あの展覧会《てんらんかい》をアタシ自身《じしん》の意志《いし》による個展《こてん》だと思いつづけるだろう。それとも、日がたてば、みんな忘《わす》れてくれるだろうか。

アタシは今日から新しいクロッキー画帳《がちょう》をおろしたんだ。前のが絵と文字でいっぱいになったから。でも、同時に、気分転換《きぶんてんかん》になったことも確《たし》かね。今日からのアタシは、もはや、昨日《きのう》までのアタシではありえないのだから……。

夕方、浦島《うらしま》先生とつれだって学校を出ようとしたら、応接室《おうせつしつ》前の廊下《ろうか》で、校長先生から声がかかった。

「田村先生。PTA会長がね、今夜夕食にご招待《しょうたい》したいとおっしゃるんですがね」

「アタシをですか」

「ええ、先生おひとりを」

「特別《とくべつ》のご招待《しょうたい》を受《う》けるわけにはいきませんわ、アタシ」

「展覧会《てんらんかい》の報道《ほうどう》などで、ご心労《しんろう》をお察《さっ》し申《もう》し上げるとのことでしてね。

教育委員会《きょういくいいんかい》や世間《せけん》との関係《かんけい》が険悪《けんあく》になってはいけない、お話し合いをしておきたい、と申《もう》されるのです。今夜七時に、レストラン・ニュー・ムラタというご指定《してい》です」

「そんなの、ものすごく一方的《いっぽうてき》です。話なら学校でもできるでしょう。アタシは絶対《ぜったい》にまいりませんっ」

応接室《おうせつしつ》のドアがとつぜん開《ひら》いた。

「学校でお話をうかがうのは、先生にご迷惑《めいわく》かと思ったのでして」

堂々《どうどう》たる体格《たいかく》の、キノウイチロウ氏、その人だった。

「いらしてたんですか」

「田村先生のお声は声量《せいりょう》がおありになる。小学校の先生にはもったいないですなあ」

「おっしゃる意味《いみ》がわかりません。アタシにどんなご用件《ようけん》なのでしょう」

「緊急《きんきゅう》に、お話し合いをしておかないと。校長先生、応接室《おうせっしつ》をお借《か》りできますね」

「もちろんです」

と、校長先生が無愛想《ぶあいそう》にいった。

「では、田村先生」

「アタシひとりでは、困《こま》りますわ」

「なぜです。先生ご自身《じしん》の問題《もんだい》ですよ」

「ひとりの教師《きょうし》が事件《じけん》に巻《ま》きこまれたのです。それって、学校全体《がっこうぜんたい》の問題《もんだい》なのじゃありませんか。校長先生と学年主任《しゅにん》がいっしょでなければ、アタシ、お話し合いできません」

アタシは知らぬ間に、キノウイチロウ氏を疑《うたが》いはじめていた。

「事件《じけん》など、どこにもありはしませんよ。田村先生の個展《こてん》は大成功《だいせいこう》じゃありませんか。新聞も各紙が絶賛《ぜっさん》しています。町の心温《こころあたた》まる話題《わだい》としてね」

「アタシの個展《こてん》ではないこと、会長さんのお耳には、入っていないのですか」

「田村先生、あなたは今や村田市の英雄《えいゆう》なのですよ。個展《こてん》は、子どもたちの大きな励《はげ》みにもなりつつあるのですよ」

大切なところで会話がすれちがってしまう。報道陣《ほうどうじん》とのやりとりのときもそうだった。これって、いったい何なのだろう。

「キノウさん、学年主任《しゅにん》の浦島《うらしま》先生にも同席《どうせき》してもらいます。もちろん、学校長のわたしもね。よろしいですか」

ＰＴＡ会長キノウイチロウ氏は、ようやくあきらめて、「ではお好《す》きなように」と、うめくような声音《こわね》でいった。

村田第三小学校の応接室《おうせつしつ》でおこなわれた四者会談《よんしゃかいだん》は、キノウ氏のひとり舞台《ぶたい》にすぎなかったわ。でも、彼の話はじつに驚《おどろ》くべきもので……そう、アタシのこれまでの人間観《にんげんかん》をぐらつかせるほどの、パンチ力をもっていたと思う。

「田村先生のえんま帳展《ちょうてん》は、わたしが部下《ぶか》に命《めい》じてやらせたものです」

と、キノウ氏は開口一番《かいこういちばん》いい放《はな》った。

「あなたが、ですか。いったい何のために？」

アタシはそのとき一瞬《いっしゅん》、身《み》ぶるいをしたと思う。

田村

「まず、何よりも、田村先生ご自身《じしん》のしあわせのために」
「なんですって」
「うちの坊主《ぼうず》にいつもよくしてくださる田村先生に、喜《よろこ》んでいただきたかったのです」

昨日《きのう》一郎《いちろう》氏の大胆《だいたん》不敵《ふてき》

「そのお言葉《ことば》、信《しん》じられませんわ。盗《ぬす》んで、だまして、ニュートリノ塾《じゅく》の宣伝《せんでん》に利用《りよう》なさりながら……」

「田村先生に感謝《かんしゃ》される確信《かくしん》があって、やったことなんですがね。先生の夢《ゆめ》を、ひそかな計画のもとに実現《じつげん》してさしあげるという……いってみれば、芝居《しばい》がかりのプレゼントなのですよ、これは」

「アタシは大いに迷惑《めいわく》しています。アタシは個展《こてん》を夢《ゆめ》みたことはございません」

「マスコミに書かせてさしあげましたが」

「それが最大《さいだい》の迷惑《めいわく》なんですよ！」

「でも、先生はヒロインのお姫《ひめ》さまになりつつあるんですよ。お若《わか》くて、美人《びじん》で、タレント性豊《せいゆた》かな先生を、村田市の小学校にうもれさせておく手はないじゃありませんか」

「お言葉《ことば》が過《す》ぎるようですね、キノウさん。学校教育《きょういく》の重要性《じゅうようせい》を、PTA会長として、どのようにお考えですかな。田村先生は子どもたちの教育《きょういく》に、情熱《じょうねつ》を傾《かたむ》けておられるんですよ」

校長先生がたまりかねて口をはさんだ。しかし、キノウ氏は顔色も変《か》えず、

「イヤ、校長。学校が重要《じゅうよう》でないなんて、わたしは少しも考えてませんよ。あなたもよくご承知《しょうち》でしょう。それとこれとは別《べつ》です。田村先生はね、日本全国《にほんぜんこく》の子どもたちのアイドルになれる人です。わたしがこれから作るプロダクションのスター第一号《だいいちごう》に、白羽《しらは》の矢を立てる準備《じゅんび》が完《かん》了《りょう》するところなんです。あ、ちょっと口がすべったかな。アハハハハ」

アタシは完全《かんぜん》に頭に来ていた。感情《かんじょう》をまったく表情《ひょうじょう》に出さないで話をすることは、もはや不可能《ふかのう》だった。

「正直《しょうじき》に説明《せつめい》してください。アタシのクロッキー画帳《がちょう》を、だれがどのようにして盗《ぬす》みだしたのですか」

「誤解《ごかい》があるようですね。先生のえんま帳《ちょう》を拝借《はいしゃく》はしましたが、無傷《むきず》でお返《かえ》ししたじゃありませんか」

「盗《ぬす》みは盗《ぬす》みです。それを、だれがどのように?」

「なぜ、そんなつまらないことにこだわられるのですか。わたしはPTA会長で、わたしの愛用《あいよう》するかばんは、ほれ、このとおり、大きいでしょう」

キノウ氏は折《お》りたためるズックのかばんを、テーブルの上に取《と》り出した。なるほど、これになら、アタシのえんま帳《ちょう》はおさまったはずだ。

「《タラーム365》に電話をした女性《じょせい》はどなたですか」

「それにはお答えできません。個人《こじん》のプライバシーを侵害《しんがい》するわけにはいきませんから」

「アタシのプライバシーはどうなるのでしょう」

「先生が私生活上《しせいかつじょう》の被害《ひがい》をお受《う》けになったというのですか」

「早朝に、週刊《しゅうかん》ママゴンから取材《しゅざい》されましたわ」

「それで、週刊《しゅうかん》ママゴンは先生をどう書いたのです？」

「知りません。まだ、雑誌《ざっし》は出ていないのでしょう」

「ここに田村泰子展《やすこてん》の雑誌記事《ざっしきじ》のゲラ刷《ず》りがあります。好意的《こういてき》に書かれてますよ」

キノウ氏はそういって、六ページにおよぶ記事《きじ》のコピーを渡《わた》してくれた。

お蕎麦《そば》は割《わ》り勘《かん》で

ページのすみに《週刊《しゅうかん》ママゴン》の名と、あさっての日づけが印刷《いんさつ》されている。にせものではなさそうだ。それなら、今市サエルが書いたのだろうか。彼に文才があったのかしら。六ページ目の終《お》わりに、括弧《かっこ》にくくられて（今市）と執筆者《しっぴつしゃ》の署名《しょめい》が入っている。

「会長さんは週刊《しゅうかん》ママゴンとご関係《かんけい》があるのですか」

と、浦島《うらしま》先生が、コピーをためつすがめつながめながら尋《たず》ねる。

「この記者《きしゃ》はわたしの腹心《ふくしん》です。かけだしですがよくやりますよ」

「あなたが今市くんに書かせたのね」

とアタシ。言葉《ことば》が教室調《きょうしつちょう》になってきたのが、自分でもわかった。

「田村泰子《やすこ》展《てん》のアイディアは、今市の頭脳《ずのう》から出たものです」

「責任《せきにん》を家来におしつけるの？」

「今市こそ、田村先生、あなたに喜《よろこ》んでもらいたいと、わたし以上《いじょう》に強く望《のぞ》んでいたのですよ」

「あなたが仮《かり》に、本当のことをおっしゃっているのだとしても、アタシはいい迷惑《めいわく》です。このたくらみの真《しん》の目的《もくてき》は何なのですか」

「たくらみとはゴアイサツですね。お答えはさっき申《もう》しましたよ」

「ニュートリノ塾《じゅく》とあなたのつながりは？」

「田村先生に最高《さいこう》の幸福《こうふく》をプレゼントしたいという思いと、トリノ氏の塾《じゅく》のスタート時期《じき》が、偶然一致《ぐうぜんいっち》したのです。トリノ氏はあなたに共鳴《きょうめい》して、後援者《こうえんしゃ》になったというわけですな」

「トリノ社長の名による《ごあいさつ》パネルが、アタシの《ごあいさつ》やクロッキー画帳《がちょう》のコピー入り額《がく》ぶちといっしょに、ＰＰ運送《うんそう》のトラックで《タラーム365》に運《はこ》びこまれたのはなぜ？」

キノウ氏の額《ひたい》からひと粒《つぶ》の汗《あせ》が落《お》ちた。

キノウ氏の態度《たいど》がこれで変《か》わった。彼は下をむき、黙《だま》ってしまった。

応接室《おうせつしつ》の卓上電話《たくじょうでんわ》ベルが鳴った。校長先生が受話器《じゅわき》をとった。

「村田第三小学校です……校長の宮川《みやがわ》です……いらしてます。お電話かわりましょうか……一時間後においでになりますか……分かりました。お待《ま》ちいたしております……イエ、かまいませんが……田村先生なら元気です。今ここにおります……そうでしたか。ありがとうございます。では、のちほど」

「警察《けいさつ》からですね」

そば

立ち上がりかけたキノウ氏が、もういちどソファに座《すわ》りなおしながら、静《しず》かにいった。

「キノウさん、ご心配《しんぱい》なさいませんように。刑事《けいじ》さんが事情聴取《じじょうちょうしゅ》においでになるだけですから。腹《はら》がへりましたね。どうです、一時間ありますから、蕎麦《そば》でも食べながら待《ま》ちませんか。あ、浦島《うらしま》先生、そのまま、そのまま。わたしが蕎麦屋《そばや》に電話注文《でんわちゅうもん》しますから。ただし割《わ》り勘《かん》ですゾ」

＊　　＊　　＊　　＊

昨日《きのう》一太郎《いちたろう》から田村先生へ

田村先生、急《きゅう》に、先生に手紙を書きたくなりました。先生、ぼくのおとうさんをゆるしてください。

こんどのことは、継父《けいふ》とはいえ、自分の父がやったことなのですから、ぼくは犯人《はんにん》の息子《むすこ》として、先生にあやまろうと思ったのです。本人があやまるのが当然《とうぜん》ですが、それは本人の問題《もんだい》です。

ぼくのおとうさんが、田村先生をだまして《にせものの展覧会《てんらんかい》》をくわだてたなんて、信《しん》じがたいことですが、父はみずから自分の秘密《ひみつ》を、母とぼくに打《う》ち明けました。父はまだ警察《けいさつ》に逮捕《たいほ》されていませんが、自首《じしゅ》する、といっています。

父が昨晩《さくばん》この話を切りだすまで、ぼくはあの展覧会《てんらんかい》が父によって仕《し》組《く》まれたものだったとは、想像《そうぞう》もつきませんでした。

犯行《はんこう》の動機《どうき》は、父の話によれば、こうでした。

父はここ二、三年前から、政治《せいじ》の世界《せかい》で力を失《うしな》いはじめ、次《つぎ》の選挙《せんきょ》では仲間《なかま》に相手《あいて》にしてもらえない事情《じじょう》があるのだそうです。父は今では、昔《むかし》のような茶の間の人気者《にんきもの》ではなくなり、ひとりでがんばっても、政治《せいじ》の世界《せかい》の仲間《なかま》たちから見放《みはな》されれば、選挙《せんきょ》で当選《とうせん》できないのだそうです。それで、父は政治家《せいじか》をやめたあとのことを考えて、大学《だいがく》時代《じだい》の後輩《こうはい》を社長にしたてて《タラーム365》を、はじめさせたのです。

村田市といえばノーベル賞塾《しょうじゅく》で全国的《ぜんこくてき》に有名《ゆうめい》ですし、そのノーベル賞《しょう》塾《じゅく》が落《お》ち目だといううわさがあるところから、父はそこに目をつけ、マンモス受験塾《じゅけんじゅく》の新設《しんせつ》を思いたちました。また、《タラーム365》には芸能《げいのう》プロダクションも作るつもりだったそうです。政治家《せいじか》をやめたあと、どうやってお金をもうけるかで、父の頭はいっぱいだったのでしょう。

自信家《じしんか》の父は、小さいころからずっと優等生《ゆうとうせい》で、これまで苦《にが》い失敗《しっぱい》を経験《けいけん》したこともなく、人は自分の思《おも》いどおりに動《うご》くものと考えてきたそうです。

「展覧会《てんらんかい》を大成功《だいせいこう》に終《お》わらせ、新聞や雑誌《ざっし》に田村先生のことをよく書かせれば、田村先生はわたしの味方《みかた》になってくれる。奇抜《きばつ》な方法《ほうほう》がかえって効果的《こうかてき》なことだってあるんだ、とわたしは考えたのさ。うもれている若《わか》くて独創的《どくそうてき》な人材《じんざい》を、わたしは救《すく》い出すつもりだったんだ」

これが父のいいぐさです。こんなことをいう父を、ぼくは尊敬《そんけい》できませんが、ともかく父は、母とぼくに、こういったのです。

計画をひそかにめぐらせていた段階《だんかい》で、父が、もし、何も悪《わる》いことをしようとしていないと信《しん》じていたのだとしたら、ぼくは父の人間性《にんげんせい》を疑《うたが》います。でも、ぼくとしては、大好《だいす》きな母が愛《あい》して、ぼくの父となった人を、憎《にく》む気持《きも》ちにもなれないのです。

父がどういう罪《つみ》に問われるのか、ぼくにはわかりません。でも、父はしばらくのあいだ、ぼくたちと別《わか》れて暮《く》らさなければならないでしょう。

母が父と結婚《けっこん》した当時から、父とぼくは考えがあわず、あまり好《す》きにはなれませんでした。ときどき豪華《ごうか》なレストランに呼《よ》び出されて、有名人《ゆうめいじん》といっしょに食事《しょくじ》をするのが、ぼくは一番いやでした。なぜかというと、父はぼくを将来《しょうらい》アメリカの大学に入れるとか、自分のあとを継《つ》がせるとか、人に話すからでした。地球上《ちきゅうじょう》には、食《た》べ物《もの》も食べられずに餓死《がし》する子どもがいっぱいいるのに、父が国会議員《こっかいぎいん》だからといって、メッチャ高くておいしい料理《りょうり》を食べるのも、うれしくなんかありませんでした。そのほかいろいろな理由《りゆう》から、ぼくは父が一日も早く政治家《せいじか》をやめればいいのにと思っています。

このままでは、田村先生があまりにもかわいそうです。新聞にまで大きく出てしまって、先生はとてもつらいと思います。

《ニュートリノ塾《じゅく》》では、父の指示《しじ》で《えんま帳展《ちょうてん》》をとりやめたそうです。しかし、父の話では、《ニュートリノ塾《じゅく》》の評判《ひょうばん》は田村先生のおかげで上々《じょうじょう》で、子どもを入れてほしい、という親たちからの申《もう》しこみが殺到《さっとう》しているとのことです。父は先生に、とりかえしのつかない迷惑《めいわく》をかけてしまったのです。

ぼくはこうして、とても知りたくないことを知ってしまいました。怒《いか》りとみじめさが、ぼくの中で渦巻《うずま》いています。先生、ぼくはどうしたらいいのでしょうか。

ぼくは、自分の父がぼくの担任《たんにん》の田村先生をだましたことを知ったとき、ショックで口がきけませんでした。

田村学級《がっきゅう》の憲法《けんぽう》「自分の頭で考える」、「人と静《しず》かに語りあう」を一《いち》学期《がっき》にしっかり勉強《べんきょう》していなかったら、気が動転《どうてん》して、家をとび出していたかもしれません。

今、ぼくがすてばちにならないで、先生に手紙を書いていられるのは、お嬢《じょう》さま先生のユニークな学級《がっきゅう》にいたからだと思っています。

ぼくは昆虫《こんちゅう》みたいに脱皮《だっぴ》して、新しい自分になれたらいいなと思います。

母と同じくらい好《す》きな田村泰子《やすこ》先生へ

昨日《きのう》一《いち》太《た》郎《ろう》より

＊　＊　＊　＊

田村先生から昨日《きのう》一太郎《いちたろう》へ

一太郎《いちたろう》くん、おたよりありがとう。先生、うれしかったよ。よく思い切って書いてくれましたね。キミの勇気《ゆうき》に敬意《けいい》を表《ひょう》します。

こんどの事件《じけん》は、アタシにはまったく思いがけないものでした。でも、わずか四日で解決《かいけつ》したので、クラスのみんなの動揺《どうよう》も最小限《さいしょうげん》にとどめることができそうです。キミのおとうさんが、苦《くる》しんで、立ち直《なお》ってくださることを、アタシは心から祈《いの》っています。キミはしっかりした子だから、おかあさんをガッチリささえて、力強く生きてくれることと信《しん》じています。一人で苦《くる》しまずに、なんでもアタシに相談《そうだん》するのよ。いいわね。

キミがおとうさんにかわってアタシにあやまってくれたことに、アタシは深《ふか》く心を打《う》たれました。ただし、親の行動《こうどう》に、子どもが責任《せきにん》を負《お》う必要《ひつよう》はまったくありませんよ。親が悪《わる》いのは、子どものせいじゃないもの。

キミのおとうさんは、はなやかなマスコミの世界《せかい》から、日本を動《うご》かす政治家《せいじか》の世界《せかい》に入られましたね。長いあいだ、庶民《しょみん》の暮《く》らしとはかけ離《はな》れた生活をなさっておられるうちに、世間のごくふつうの人の感《かん》情《じょう》や考え方が、だんだんわからなくなってしまわれたのじゃないかしら。それって、とてもこわいことだと思うけど、あんがいよくあることのようにアタシは思うのです。人間《にんげん》はある閉《と》ざされた世界《せかい》にいると、外のことが見えなくなり、理解《りかい》もできなくなる。それはキミのおとうさんのような方ばかりの問題《もんだい》じゃなくって、アタシたちみんなの問題《もんだい》だと思うの。

キミのおとうさんは、法律《ほうりつ》にしたがって裁《さば》かれることになるかもしれませんが、アタシにはキミのおとうさんを裁《さば》くことはできないわ。そこにいたるまでの道すじはともかくとして、おとうさんはまちがいに気づかれて、おとうさんの方から、アタシに事情《じじょう》を話してくださったのでしょうし、おかあさんとキミにもお打《う》ちあけなさったんでしょう。キミから見ても、おとうさんのおっしゃることには、耐《た》えられないことがあると思いますが、それはキミが心の正しい子として、立派《りっぱ》に成長《せいちょう》しつつある証拠《しょうこ》です。そして、キミをそういう子に育《そだ》ててくださったのは、キミのご両親《りょうしん》なのですから、こんなことがあっても、おとうさんをゆるしてあげて。キミは正しいと思うことを、おとうさんに伝《つた》え続《つづ》けましょう。おとうさんが心の底《そこ》からキミを愛《あい》しておられるなら、それにこたえてくださるでしょう。

キミにとっては試練《しれん》の夏休みね。もやもやをファイトで吹《ふ》きとばせ！　キミは若《わか》いんだぞ。夏休みの自由研究《じゆうけんきゅう》にうちこみなさい！　テーマはもう決《き》まった？　キミは野呂友香《のろゆか》と、農業《のうぎょう》を研究《けんきゅう》するんだといってたわね。先生、覚《おぼ》えているわよ。がんばってやってごらんなさい。アタシの経験《けいけん》によると、なにごともない平和《へいわ》な日々には、気のゆるみから、たいしたこともできずに時間がすぎてしまうのよ。いちばんつらいときこそ、人間《にんげん》の本当の底力《そこぢから》がためされるのです。

最後《さいご》に、アタシのことを心配《しんぱい》してくれて、アリガト。アタシなら大丈夫《だいじょうぶ》。キミたち悪童《あくどう》どもをとっちめて、どう教育《きょういく》するかで、アタシの頭の中はもういっぱい。俗世間《ぞくせけん》の問題《もんだい》にふりまわされている暇《ひま》は、残念《ざんねん》ながらありませんよ。キミのいうとおり、世界《せかい》には餓死寸前《がしすんぜん》の子どもたちが大勢《おおぜい》いますし、戦争《せんそう》に巻《ま》きこまれて死《し》んでゆく人たちも、今だにあとを絶《た》ちません。貧富《ひんぷ》の差《さ》も、地球環境《ちきゅうかんきょう》の破壊《はかい》も、とどまるところを知りません。ね、キノウ、しっかり勉強《べんきょう》して、苦《くる》しんでいる人たちの幸福《こうふく》に役立《やくだ》つ人になって！　アタシのお願《ねが》いよ。いやでなかったら、手紙と手紙で、ユビキリゲンマン、ウソツイタラ、ハリセンボンノーマス。いいこと？

キミの味方《みかた》　田村泰子《やすこ》より

エピローグ　星雲ミカとパパとの対話《たいわ》

「ね、ね、ね、パパ」

「なぁんだ」

「それって《なぁんだ、がっかり》に聞こえるわよ。誤解《ごかい》まねくよ」

「じゃ、なんだ」

「犯人《はんにん》、いつひらめいたのよ」

「ひらめいたんじゃなくて、調《しら》べてわかったのさ」

「何を調《しら》べたの」

「《タラーム365》。最大《さいだい》の出資者《しゅっししゃ》がトリノ社長と同じ大学の出身《しゅっしん》で、しかも、おまえたちの学校のＰＴＡ会長だった」

「それだけで断定《だんてい》できたの？」

「いや、ちがう。キノウイチロウ氏は、政治家《せいじか》として落《お》ち目《め》だった」

「それで？」

「ノーベル賞塾《しょうじゅく》がちかごろあまり成果《せいか》をあげていないことも知ってた。ノーベル賞塾《しょうじゅく》出身《しゅっしん》の子は、中学受験《じゅけん》には強いが大学に進《すす》むと伸《の》び悩《なや》む。堕落《だらく》する者《もの》もいる。パパの追跡調査《ついせきちょうさ》の結果《けっか》だ」

「ふうん」

「ノーベル賞塾《しょうじゅく》の塾長《じゅくちょう》ノベルショウコ女史《じょし》は、ごうつくばりの金もうけ主義者《しゅぎしゃ》ではあるけれど、反面《はんめん》、かなり単純《たんじゅん》な人なんだ。本当に塾《じゅく》の子たちにノーベル賞を取《と》らせたいんだね」

「ちょっとおもしろい話ね、それって」

「でも、それだから、新しいマンモス受験塾《じゅけんじゅく》がまだ村田市内に成《な》り立つだろう。それがニュートリノ塾《じゅく》だ。目先の中学受験《じゅけん》競争《きょうそう》はなくなっていないからね」

「あ、そうか。じゃ、ね、謎《なぞ》の女については？」

「興味《きょうみ》がないから調《しら》べなかったよ」

「ね、パパ。伝達《でんたつ》ってさぁ、大事《だいじ》だね」

「まあね。おまえが何もいわなけりゃ、パパはこの問題《もんだい》に乗《の》り出さなかったよ」

「パパ、ありがとう」

「おい、おい、ちょっと待《ま》てよ。事件《じけん》解決《かいけつ》へのカギをにぎっていたのは、パパじゃなかったんだぜ。なんといったかな、そう、そう、スギタニミイコさんと、ツルミルミさんね。それから田村先生の勇気《ゆうき》。おまえを含《ふく》む六人の子どもたちの団結《だんけつ》も、犯人《はんにん》にとっては脅威《きょうい》だったはずだよ」

「パパ、キノウ氏って、モノスゴクいけない人だと思う？」

「おまえはどう思うんだい」

「モノスゴクいけない人だったと思う！　人を騙《だま》したり、利用《りよう》したりしたんだから」

「確《たし》かにいけないことをしたけれど、人間的《にんげんてき》には、根《ね》っからの悪人《あくにん》ではなさそうだ」

「イチタロウくんがかわいそう！」

「ミカ、この夏休みは五年三組の友情《ゆうじょう》の力がためされるときだぞ。イチタロウくんを孤立《こりつ》させるなよ。おまえは長い長い真空《しんくう》の宇宙《うちゅう》の旅《たび》をして、せっかくアンドロメダ星雲から地球《ちきゅう》へ来たんじゃないか」

「そうよね、まったく……あのねパパ、パパも、もとはアンドロメダ人？」

「変《へん》な聞き方だぞ。イマデモ、だよ！」

「いつごろ来たの？」

「忘《わす》れた」

「パパ結婚《けっこん》したいと思ったことない？」

「思っても、地球人《ちきゅうじん》じゃないからね」

「地球人《ちきゅうじん》じゃないとできないってことは、わたしも地球《ちきゅう》では結婚《けっこん》できないの？」

「パパは男だからだ」

「いいかげんね！　口からでまかせね！」

「何の話をしてたんだっけな」

「そうだ、まだ聞いてないことがあるよ。《ニュートリノ塾《じゅく》》は、やっぱり始《はじ》まるの？」

「もう始《はじ》まってるそうだね、夏季講習《かきこうしゅう》が……。そうだ、ミカ、パパが塾《じゅく》の先生になったら、どう思う」

「エーッ。そんなこと、難《むずか》しいなぁ。すっごく複雑《ふくざつ》な気持《きも》ち。だって、最近《さいきん》パパは作品書いてないでしょ。ちゃんと作品も書いて」

「やられたね。そうするように努力《どりょく》します、と言っておこう」

著者について

斎藤 慎一郎（さいとう・しんいちろう）

一九四〇年横浜生まれ。東京教育大学卒（芸術学専攻）。地球環境保護の問題に取り組む。元日本蜘蛛学会、東京・中部・三重蜘蛛談話会、山村民俗の会、IPCC（国際泥炭学会）会員。

著書に『蜘蛛』（法政大学出版局）、『虫と遊ぶ 虫の方言誌』（大修館書店）など。訳書に『クモの不思議な生活』『イギリスの都会のキツネ』『アリと人間』（いずれも晶文社ワイルドライフ・ブックスシリーズ）などがある。二〇〇七年十二月逝去。

こばようこ／絵

一九七二年東京生まれ。二〇〇〇年頃から夫婦で絵本をつくり始め、二〇〇三年、第四回ピンポイント絵本コンペ最優秀賞受賞。http://dodohee.com/

絵本に『タイムカプセル』（おだしんいちろう／文、フレーベル館）、『図書館ってどんなところ』『図書館でしらべよう』（以上、シリーズわくわく図書館、紺野順子／文、アリス館）ほか。幼児向け雑誌などでも活躍中。

星雲《せいうん》ミカの小《ちい》さな冒険《ぼうけん》　**「鳥《とり》へっぽこ新聞《しんぶん》」誕生篇《たんじょうへん》**

二〇一一年三月一五日初版

著者　斎藤慎一郎

発行者　株式会社晶文社

東京都千代田区神田神保町一―一一

電話（〇三）三五一八-四九四〇（代表）・四九四二（編集）

URL http://www.shobunsha.co.jp

ダイトー印刷・ナショナル製本

ISBN978-4-7949-6757-2　Printed in Japan